講談社文庫

ありんす国の料理人　1

神楽坂 淳

講談社

目次

ありんす国の料理人 1

プロローグ

「若湯《わかゆ》ができましたあ」

銭湯の若い衆の声がした。

それを待っていたかのように人の歩く気配がする。

吉原《よしわら》の遅い朝の始まりである。

たとえば深川《ふかがわ》であれば卯《う》の刻《こく》（午前六時）に開く銭湯が吉原では巳《み》の刻（午前十時）まで開かない。

そして開くとああやって声を掛けるのである。

花凜《かりん》は銭湯の掛け声は好きである。なんとなく一日が始まる感じがする。

吉原の中でも揚屋町《あげやまち》と呼ばれる一角には遊女はいない。八百屋《やおや》だったり魚屋だったり銭湯だったりと、町の生活を支える人たちの町だ。

その中に、花凜のやっている飯屋「三日月屋《みかづきや》」はあった。

花凜は大きくのびをすると息を吸った。

吉原という町は全体に白粉《おしろい》の匂いで満ちている。門を入ってすぐの仲《なか》の町《まち》から、江《え》戸町《どちょう》も京町《きょうまち》もそうだ。

その中にあって、真ん中の揚屋町だけは白粉の匂いがない。魚や米、線香や薬などの匂いが混ざっていた。

「お。花凜ちゃん。今日夕方行きますよ」

「常連」の松吉《まつきち》が声をかけてきた。揚屋町の薬屋「弁天屋《べんてんや》」の手代《てだい》だ。三人しかいない三日月屋の常連のひとりである。

「ありがとうございます」

松吉は二十五歳。弁天屋に住み込みで働いている。二日に一度くらいはやって来てくれるいい人だ。

「花凜ちゃんの飯は吉原一だと思ってるよ。なんといっても温かくて塩辛いからな」

そう言うと、松吉は忙しそうに去っていった。

温かくて塩辛い。そこが花凜の店の最大の問題だった。他はともかく、この吉原ではもっとも嫌われる味なのである。

おかげで借金ばかりがかさんでいく。

振り返って、外から自分の店を眺《なが》める。「三日月屋」という看板ががんばっている風《ふ》情《ぜい》を出しているように感じられた。

「まあ、それも今日までかもしれないけどね」

自虐的に呟《つぶや》くと、店の中に戻った。

店の中は、山椒《さんしょう》と味噌《みそ》の香りがした。いつもの匂いである。花凜の相方の神楽《かぐら》が、山椒の棒で味噌をすっていた。

「のんびり常連と会話なんてしてるけど。今日で身売りかもしれないのにいいのかい」

鼻で笑うように言う。

「勝ちましょう」

少々かちんと来て言い返す。

神楽は花凜の相方ではあるが、半分敵でもある。花凜に金を貸してくれた妓楼《ぎろう》の主人のつけた監視役でもある。

店を開いてからずっと一緒だが、いまひとつ摑《つか》みどころがない。花凜のほうもちゃんと距離をとれていないまま今日にいたっていた。

「神楽はわたしを売りたいのですか？」

思わず睨《にら》んだ。

「どっちだろう」

神楽がにやりと笑う。といっても全然いやな笑いではない。いたずらっぽい、愛嬌《あいきょう》のある笑顔である。

「からかってるのですか？」

「そうだね。面白い」

神楽が本気の目をした。

「なんでからかうのです」

「花凜が本気を出してないからね」

「出してます」

「出してない」

神楽がぴしゃりと言った。

「どこが本気を出していないっていうのですか」

たまらず言い返す。

「あんたはあたしの玩具《おもちゃ》なんだ。いいかい。あたしはね、自分の描いた絵図面がその通りになるのが好きなんだよ。あんたには料理の才がある。だからこの吉原で店を出しても成功する。そういう絵を描いたからあんたに金が出るように工夫した。だからあんたはあたしのある種の玩具なんだよ」

神楽がきつい顔で言った。

たしかに、神楽は不思議と花凜に入れ込んでくれている。そこには感謝しかないのだが、言い方が少々きつい。

「本気ってなんですか」

「それを人に聞くようならもう身売りした方がいいよ。いいかい。いまから来る客が満足しなかったら終わりなんだからね。瞬《まばた》きする間に本気になりな」

神楽があらためて言った。

「あきらめたいなら止めないけどね。最初に会ったときのあんたはあきらめるなんて思ったこともないような人間だったよ」

「あきらめないったって、遊女として売られたらそれで終わりじゃないですか」

「勝てばいいんだろう、勝てば。それだけのことになにぐずぐず言ってるんだい」

神楽があらためて言った。

「あきらめさせたいのか励ましたいのかどっちなんですか」

「どっちも」

神楽は少し怒ったような表情を花凜に向けた。

「いいかい。あたしはね、自分の描いた成功が欲しいんだ。でもそうならないならいっそ壊れてしまったほうがいい。わかるかい？」

「え、と」

花凜は少し考えた。

それはけっこう期待されているということなのだろうか。よく考えたら、なぜ神楽は怒っているのだろう。

素直に花凜を売ってしまうということもできるのに。

「少しは期待されてるのですかね？」

「さあね。とにかく真面目に料理作って真面目に勝ちな」

神楽が毒づいた。

つかみどころがないと思っていたが、案外それは花凜の側の問題なのかもしれない。

改めて考える。

今日は花凜にとっての勝負の日である。今日店にやってくる花魁《おいらん》が「美味《おい》しい」と言えば借金の返済は当分待ってくれる。追加で貸してもくれる。

ただし「まずい」と言えば店を畳んで花凜は遊女として身売りすることになる。

「身売りして古巣に戻るのもなんだか恥ずかしいでしょう」

花凜が呟くと、神楽が両手で花凜の頰《ほお》を摑んでひっぱった。

「そんなこと言うと本当になっちゃうだろ。自分で自分を信じなくてどうするんだよ。そういう根性は大嫌いなんだ。わかるかい」

「すいません」

「謝らなくてもいいんだよ。黙って勝て」

「がんばります」

花凜の言葉に、神楽は大きくため息をついた。

「花凜。お願いがあるんだけど」

「なんでしょう」

「がんばらないで」

「無茶言わないでください」

「がんばったら失敗するから」

神楽がきっぱり言う。

「どういうことですか？」

「わからないなら今日、身売りだ。今日まで客が来なかったことは問わない。あたしも本気出してなかったところがあるから。でも今日から本気出そう。そのためにもがんばらないで」

「全然わからないけどわかりました」

花凜はきっぱりと答えた。

「そろそろ来る時間だね」

神楽が言う。

「そうね」

皮膚が緊張でひりひりする。

「そんな顔してはダメだよ。料理がまずくなる」

神楽が花凜の顔をのぞきこむ。

「そうですね」

料理を作るときに、緊張してもいいが、緊張しすぎてはいけない。舌先の感覚が変わって料理の味がおかしくなるからだ。

大きく呼吸をして気持ちを整える。

「これ、用意しておいたから」

神楽が黒砂糖の塊《かたまり》をわたしてくれた。

「ありがとうございます」

黒砂糖は緊張をほぐしてくれる。料理の前に甘いものを食べるのはいいことではないが、勝負の前はありがたい。

黒砂糖の塊を舌の上に載せる。白い砂糖と違って独特の香りと雑味と酸味がある。雑味を鬱陶《うっとう》しいと思うのか美味しいと思うのかで黒砂糖の印象はまるで違う。

花凜は雑味を「愛《いと》しい」と思うほうだった。洗練されていない雑味がなんだか自分に重なるのである。

「来たでありんす」

一人の花魁が、花車《かしゃ》に連れられてやってきた。玉屋《たまや》の志乃《しの》のめであった。

今吉原で最も勢いのある花魁のうちの一人であった。年齢は二十一歳で、輝くほどに美しい。

「あら。花凜さんではありんすか？」

志乃のめが驚いたような顔をした。

「お久しぶりです」

花凜は頭を下げた。

「料理人になったでありんすか？　なつかしいでありんすねえ」

志乃のめの言葉に連れてきた花車のお糸《いと》が驚いた顔をした。

「子供のころ、お互い引っ込み禿《かむろ》だったでありんすよ」

「あんた、ここの人間だったのかい」

お糸が花凜を見つめた。

「引っ込み禿でした」

花凜は答える。引っ込み禿というのは、吉原で働く禿の中でも、容姿が優れていて、芸事の筋もいいということで特別に扱われる禿のことである。

将来は見世《みせ》を背負って立つ花魁として育つことを期待される存在だ。花凜のように別の道に進むということはまずありえない。

遊女というのは売れさえすれば周り中からちやほやされる存在である。いわゆる長屋暮らしとは全く違う喜びがある。わざわざ別の道を選ぶなどというのはなかなか思いつくようなことではない。

「それなら身売りをしても問題はなさそうだね」

お糸は嬉《うれ》しそうに言った。

「どうして料理人になったでありんすか？」

「ここで美味しいものをみんなに食べさせてあげたかったんです。吉原の料理は高いだけで美味しくありませんから」

花凜が言うと、志乃のめは興味深そうな表情になった。

「そうは言ってもそれなりに美味しいと思うでありんす」

「もっと美味しいものです。そして温かい料理を食べて欲しいんです」

温かい、と言われて、志乃のめは首をかしげた。

「確かにわっちらは温かい料理には縁がないでありんすなあ」

「だから食べて欲しいんです」

「食べて美味しければ何でもいいでありんす」

「同情して美味しいって言ってくれてもいいですよ」

神楽が笑顔を作る。

「これは勝負なのでありんしょう。情をはさんだりはしないでありんす」

それから花凜のほうを見た。

「料理を出しておくんなまし」

「はい」

花凜は返事をすると料理の準備をはじめた。

作るのは「ひろうす」である。もとはポルトガルの料理だったらしい。それを日本風に改変したものである。

といっても本物を知らない。花凜のでっちあげた「花凜ひろうす」がこの店のひろうすである。しかし味には自信があった。

野菜や豆をまとめて油で揚げる料理なのだが、もち米にまとめて揚げるのか、すりつぶした豆腐に入れて揚げるのかがわからない。

考えた結果、もち米も豆腐もまとめてすりつぶして揚げることにした。それなら半分は正しいことになるからだ。

蒸したもち米と豆腐をすり鉢でする。そうしてから中に具を入れる。

「どう？」

「もう刻《きざ》んだ」

神楽が刻んだ具を皿に入れて渡してくれる。この時期一番は車海老《くるまえび》である。味もいいし食感もいい。それからタコ。刻んで具にするとてもいい。そして茄子《なす》と冬瓜《とうがん》である。

それらをまとめて饅頭《まんじゅう》のようにすると、菜種油《なたねあぶら》を温めた。近所の店では揚げるとなると胡麻《ごま》油だが、花凜は菜種油である。

胡麻油だとどうしても味が重い。そのかわり、さめても美味しさが長続きする。菜種油は軽い味わいだがその場で食べてもらわないと美味しくないのだ。

鍋の油に箸《はし》を突っこんで、細かい泡がしゅわっと出たらちょうどいい温度だ。温度が上がりすぎると「しゅわしゅわ」となって焦《こ》げてしまう。

「じゃあいきますよ」

神楽に声をかけると、神楽がやってきて横に立った。揚げ物はひとりではなかなか難しい。火にずっとかけておくと油の温度が上がりすぎてしまう。だから鍋を手に持って、火から離したり近づけたりしなければいけない。

これはなかなか難しくて、かなり慣れないといけない。そのうえで、いい具合に揚げたものを箸で取り出す。

天ぷらの類《たぐい》は、料理人にとっては呼吸の大切な料理だった。

「よし」

花凜が声をかけると、神楽がすぐに取り出した。竹笊《たけざる》の上に置いて油を切る。自分たちの分もあわせて三つ揚げた。

油の入った鍋をわきに置いて、かわりに水の入った土瓶《どびん》を上に置く。

そうしてから志乃のめに声をかける。

「できましたよ」

湯気のたつひろうすを皿に盛ると、神楽が用意してくれた出汁《だし》をかける。熱い湯気が椀《わん》からあがった。

志乃のめの前に置く。

「熱そうでありんす」

言いながら箸をつける。

「湯気がたってるでありんすね。ここにはないものです」

志乃のめがもの珍しそうに口の中にいれた。

それからすぐに吐き出してしまった。

「熱すぎるでありんす」

志乃のめ花魁がいやそうに椀を置いた。

それから胃のあたりを押さえる。

「熱さが痛いでありんす」

「美味しくないですか？」

花凜は思わず訊《たず》ねた。

「美味しいもなにも熱すぎでありんす」

きっぱりと言われる。

失敗か、と花凜は唇を噛《か》んだ。

熱々の料理を美味しいと言ってもらいたかった。

しかしどうやら駄目だったようだ。

終わった、と花凜は思う。

今日やって来た志乃のめが満足しなかったら、店を畳んで遊女として身売りするという約束での料理であった。

「ではそろそろ料理を出しましょう」

不意に神楽が言った。

「これはなんでありんすか？」

志乃のめが料理を指さす。

「余興です。花魁がどのくらい熱さに強いのか知りたかったんですよ。思ったよりもずっと弱かったですね」

それから花凜のほうを見る。

「これから出すのが料理です。よろしいですか？」

志乃のめは一瞬考えたが、笑顔で頷《うなず》いた。

「余興ならしかたないでありんすね」

どうやら助かったらしい。

大きく息をついた。料理には自信があった。吉原の遊女は熱いものに弱い。日頃から冷めた料理を食べているからだ。

しかし花凜は「温かい料理は心も温める」と思っている。

だからどうしても冷めた料理を出したくなかったのだ。とはいえ、熱すぎると言われたのでは花凜のひとりよがりだったと言われてもしかたがない。

「がんばらないで楽しみな」

神楽が小声で言った。

楽しむ。

心の中で繰り返す。そう。料理を楽しまなければだめだ。がんばるというのはいいように見えて幅を狭くすることでもある。

「神楽、あれを出してください」

「あいよ」

神楽が大根おろしを用意してきた。料理の上にどっさりとかける。冷たい大根おろしが熱い料理をたちまち冷やしていく。

「これをどうぞ」

熱々ではなくて「温かい」程度にさめた料理を見て、志乃のめは微笑《ほほえ》んだ。

「これなら平気そうでありんす」

大根おろしといっしょに口の中にいれる。

「熱いでありんす。でも美味しい」

それから志乃のめは花凜に笑顔を向けた。

「この料理は美味しいでありんす」

「ありがとうございます」

どうやら気に入ってもらえたらしい。胸を撫《な》で下ろした。志乃のめの横で、お糸が苛立《いらだ》たしい表情になる。

「いい加減なことを言ってるんじゃないだろうね」

「それはわっちをいい加減な人間だと馬鹿にしているのでありんすか」

穏やかな言い方だが声の調子は冷たい。お糸はしまった、という表情になる。お糸は花車である。やり手婆《ばば》とも言われる。世間では非道とか非情と呼ばれることも多いが、そういうわけではない。花車はもと遊女が多い。

だから案外遊女の気持ちもわかるのだ。ただ、まとめる人間としては厳しくしないといけない面もある。

とはいえ、売れている遊女の機嫌をそこねると仕事を失いかねない。吉原で一番強いのは売れている遊女なのである。

「文句言ってるんじゃないんだよ。志乃のめ花魁」

お糸が気弱に言う。

遊女が売れて見世の看板になると呼び名が「花魁」になる。そうなると、もう名前の呼び捨てなどはない。「花魁」とつけて呼ぶのがならわしだ。

たとえ雇い主の楼主であっても、花魁という言葉をつけずに呼ぶことはできない。

「では、いい加減というのはどういう意味でありんすか」

志乃のめがさらに言葉を重ねた。

お糸が黙る。

「どうぞ」

花凜がお糸の前にも料理を置いた。なにかあったときのためにもうひとつ作ってあったのである。

「これはもう冷めてますから」

お糸がおそるおそる箸をつける。

「美味しいでありんすね」

思わず声を出してから赤くなる。ありんすは遊女の言葉だから、花車は使わない。料理が美味しくて、つい贅沢《ぜいたく》していた遊女時代の言葉が出たのだろう。

「花凜さんの料理は美味しい、ということでいいでありんす」

「ありがとうございます」

「ただし、言いたいこともあるでありんす」

「なんでしょう」

「花凜さんは熱々の料理を食べさせたかった。それはかまわないでありんすが、食べる側の気持ちは考えてないでありんしょう。芸事としてみるなら失格でありんす」

たしかにそうだ。花凜の料理は相手への押しつけだったと言っていい。

「三味線《しゃみせん》でも、聞き上手という客はいるでありんす。そういう客には玄人《くろうと》向けの音を出すでありんすよ。素人《しろうと》には素人向けの音を弾《ひ》くでありんす」

まずは客あってのこと。

よくわかっているはずなのに、初手から失敗してしまった。

「でも、ここに戻ってきて嬉しいでありんす」

志乃のめが楽しそうに言った。禿時代の仲間ということになると、まさに幼馴染《おさななじみ》といってもいい。

「贔屓《ひいき》にしてください。昔の話でもしましょう」

「だめでありんす」

志乃のめがあっさり言った。

「もしこの時間からやるなら、店が開く時間が遅すぎるでありんすよ。花凜さん、吉原のことをお忘れなんしか?」

そう言われて、花凜ははっとなった。

客のことを全然考えていなかった。と唇を嚙む。

吉原は普通の町とは少し違う。たいていの町は、明《あ》け六つ、つまり卯の刻に活動をはじめたら、そのまま動く。

しかし、吉原では、卯の刻は客の帰る時間である。吉原の大門《おおもん》まで客を送ってから二度寝をする。

そしてあらためて動き出すのが巳の刻である。

花凜は巳の刻にあわせて店を開いていたのだが、それでは遅いのだ。客を門まで送った遊女が立ち寄れる店にしておかないといけなかった。

「ありがとうございます。開店時間は卯の刻にします」

志乃のめに頭を下げる。

志乃のめの助言はありがたい。　黙って帰ることもできたのだ。

「それならわっちも立ち寄りやすいでありんすなあ」

それから志乃のめはあらためて花凜に言った。

「ありんす国におかえりなさい」


「なんとか助かったみたいですね」

志乃のめが帰ったあと、花凜は大きく息をついた。

「そうだね。あたしのおかげで」

神楽が嫌味っぽく言った。

「助けてくれてありがとうございます」

「あんたのためじゃないよ。あたしはね。こんなくだらないことで自分の描いた絵図面が消えるのが嫌いなんだ」

「どんな絵図面なのですか？」

「二人で吉原一の料理屋になるって絵図面さ」

「二人で？」

「そうだよ」

言ってから、神楽は少し照れた顔をした。

花凜は神楽を少し誤解していた気がする。

「どうしてわたしに力を貸そうと思ったのですか？」

「気まぐれだ」

神楽は横を向いた。

どうやらなにか思っているが、言いたくないらしい。神楽の思惑がどうであれ、花凜が思っているよりはずっと相棒だったということだ。

「とにかくうまくいってよかったですね」

花凜が言うと、神楽は首を横に振った。

「このくらいは当然だろう。むしろこんなことぐらいに苦戦したのを恥じるべきだ。いいか。これからあたしたちは吉原一になるんだからね」

つんつんとした表情は案外幼く見えた。

吉原一、になれるかはともかく。

神楽とはがんばっていけそうな気がする。

花凛は神楽にあらためて頭を下げた。

「よろしくお願いします」

一年とたたないうちに花凛は有名になるのだが、このときはまったく予想もしていなかったのだった。

第一話　鯛素麺《たいそうめん》

戸が開くと、空気の中に白粉のけだるい香りが混ざった。

「おはようでありんす」

志乃のめが店の中に入ってくる。

「おはようございます。志乃のめ花魁」

花凜が挨拶すると、志乃のめは店の中を見回した。

「あいかわらず客は来ないでありんすか？」

「少し増えましたが、なかなか難しいですね」

花凜は肩をすくめた。

店が潰れることは避けられたが、それと客が増えることは別問題である。志乃のめが寄ってくれるようにはなったが、それ以上ではない。

「店で食べるというのは、わっちらにはなかなか大変でありんす。でも、ここでは台の物を作るという感じではないでしょう」

台の物というのは、仕出し弁当のことである。台の上に料理をのせて運んでいくから「台の物」である。

かなりな距離を運んでいくからどうしても冷めてしまう。そのうえで美味しさを保つために甘くする。

鯛《たい》ですら、吉原では塩焼きではなくて砂糖焼きなのだ。

「ここで食べて欲しいですからね」

「部屋に運ばせるか、座敷に運ばせるかでありんすからなあ。ここで食べているわっちは変わり者でありんす」

「すいません」

花凜が謝ると、志乃のめは楽し気に笑った。

「変わり者というのはまったく悪いことではございませんよ。それにこの店だって仲の町にあれば繁盛するでありんしょう。わざわざ揚屋町に開くというのは、花凜どんの気持ちがしっかりしているということでありんす」

「どん？」

花凜は思わず聞き返した。

名前の後ろに「どん」をつけるのは禿の習慣である。禿同士は名前に「どん」をつけて呼び合う。禿から遊女になるとまったく使わなくなる言葉だった。

「なつかしくて。花凜どんもわっちを志乃のめどんと呼んで欲しいでありんす」

どうやら、志乃のめは花凜を特別扱いにしてくれるようだった。

これはとても嬉しいことだ。が、店にとっては考えどころでもある。特別な客を作ってしまうと、他の客には居心地が悪いことにもなりかねない。

とはいえ、禿時代の知りあいというのは花凜にとっても気安いには違いなかった。

「わかったわ、志乃のめどん」

少し砕けた口調でしゃべることにした。

「なにか食べたいでありんす。この時間はお腹《なか》が減りんすよ」

花魁は客の相手をしたあと、最後に客に朝食を作ってあげることが多い。といっても炒《い》り卵と飯くらいだが、客としては手料理ということで感激してくれるのだ。

しかしこれは自分では食べないから、お腹は減る。この時間は花魁にとっては空腹と眠気の両方を相手にする時間ということになる。

「いい店があるとは言っておいたでありんすよ」

志乃のめが少し顔をしかめた。

「そのうち誰か来てくれるでしょう」

言いながら料理を作ることにした。

これから花魁はひと眠りする。眠る前の料理だから軽いほうがいい。かといって、客の相手をしたあとだからしっかりしたものを食べたくもある。

今回はお粥《かゆ》を選ぶことにした。といっても普通に出すと熱すぎる。志乃のめの体がなれるまでは「温かい」であって「熱い」にしてはいけない。

まずは熱々の粥を器《うつわ》によそう。その上から、とろりとした餡《あん》をかける。これは鰹節《かつおぶし》と牛蒡《ごぼう》で作った餡で、冷ましてあるからお粥の温度を下げてくれる。

そしてすりおろした生姜《しょうが》をのせる。

これが深川なら葱《ねぎ》をのせるところだ。しかし吉原には葱というものはない。匂いが強いので花魁は口にすることはない。

「どうぞ」

匙《さじ》とともに出すと、志乃のめは嬉しそうに粥をかき混ぜた。

「花凜どんの料理はかき混ぜると湯気が出るでありんすね」

それから志乃のめはなつかしそうに言った。

「子供のころの料理はこうやって湯気がでていたでありんす」

禿になるということは、五歳くらいで吉原に売られてくるということだ。花凜もそうだった。

もとの家庭はたいてい貧しいから、温かいというのがいい思い出とは限らない。だが志乃のめには悪くないようだ。

粥を一口食べる。

「熱いけど、この熱さはなんだか美味しいでありんす」

それから首をかしげる。

「なんだか土臭い香りがするでありんすね。気持ちが落ち着くでありんす」

「それは牛蒡のせいですよ」

牛蒡はしっかりと煮込むと独特の出汁が出る。少し土臭い味と香りがある。嫌いなひともいるかもしれないが、なんとなく安心できる風味が花凜は好きだ。

「美味しい、と素直に言える味でありんすねえ」

「きの字屋《じや》の料理は素直には言えないですか?」

「ふふ。花凜どんはどうだったでありんすか?」

志乃のめは少しいたずらっぽい表情になった。

「わたしは禿でしたからね」

きの字屋というのは、吉原での仕出し弁当屋の総称である。もとはさまざまな名前の店があったのだが、あるときその字屋という店ができて、味のよさで吉原を席巻した。

そうしたら他の店も「きの字屋」に改名してしまって、いまではきの字屋は店の名前ではなくなってしまった。

禿や振袖新造《ふりそでしんぞう》の食事の多くは客の食べ残しである。禿は酒を飲まないが、新造の飲む酒は客の飲み残しであった。

だからどうしたって温かいものはないのである。

「きの字屋とは切っても切れないでありんすね」

それから志乃のめはもう一口粥を食べた。

「わっちはこちらの料理のほうがずっと好きでありんす」

志乃のめが微笑んだ。

「もう開いてるざんすね」

声とともに、ひとりの花魁が入ってきた。

「胡蝶《こちょう》花魁でありんすね」

志乃のめが嬉しそうに言った。

「紹介されたから来たざんす」

胡蝶は、名前とは裏腹にかなり気の強そうな表情だった。

「ありがとうございます」

「ここは舌がやけどするような熱いのを食べられるって聞いたんだけど」

胡蝶は、吉原言葉ではなくて普通に話しかけてきた。

「はい。温かい料理を食べていただきたいのです」

花凜が言うと、胡蝶は嬉しそうな表情で息をついた。

「助かったよ。ここじゃあ温かい料理だけはどうにもならなかったからね」

それから胡蝶は、驚いた顔の花凜に笑ってみせた。

「あ。わたしはね、深川から来たんだよ。手入れにひっかかって売られちまってね。だからまだ吉原になじんでないんだ」

深川で客をとるのは違法である。見つかると吉原でせりにかけられる。落札額を返すまでは吉原で働くことになっていた。

「胡蝶花魁は五十両の値がついたでありんすよ」

志乃のめが言う。

「すごいですね」

花凜はさすがに驚いた。深川などの岡場所で捕まった女がせりにかけられるのは知っている。しかしたいていは四両程度で、高くても七両。十両の値がつくことはまずない。

五十両というのは破格も破格であった。

「吉原に来てからもすぐに人気が出たでありんすよ」

志乃のめに言われて、胡蝶は得意そうな表情になった。

「でもさ、食事だけはどうにもならないんだよ。とにかく美味しくない。美味しいものが食べたいって言ったら、柳橋《やなぎばし》から運んでもらえって言うんだよ。どんなに美味しい料理だって作ってから一刻《とき》も経てばもう台無しさ」

胡蝶は不満そうに言った。

「まあいいや。食べさせて」

「わかりました」

こういう客には、本当に熱々の料理がいい。花凜としてもやりがいがある。同じ粥ではあるが、餡のほうを熱々に温める。

そうしてから出した。

「熱いねえ。こいつは熱い」

胡蝶はふうふうとお粥をさましながら食べる。

「これから毎朝来るからね」

「ありがとうございます」

「本当に好きなものを食べる時間って案外ないからね。店もないし」

胡蝶がため息をついた。

たしかにそうだ、と花凜も思う。

吉原の花魁が自分の好きに食事をするとしたら巳の刻の朝食時しかないといえる。その前の時間では新造や禿が客の残り物を食べる。

そのあと、昼過ぎに軽くなにかを食べることはあるが、冷えた飯に漬物といったくらいできちんとした食事はない。

夜に客がつけば客と食べる。つかなければ部屋で食べるが、やはり冷えた飯に漬物くらいという生活だ。

自分の好きなものを食べるとなるとなかなか難しい。

たまに「いい客」がいて、仲の町で鰻《うなぎ》や蕎麦《そば》をご馳走《ちそう》してくれる。が、これは滅多にないことだった。

とんでもなく金がかかるからだ。

花魁を仲の町に連れ出そうと思うと昼間しかない。そのときにひとりだけ連れ出すというわけにはいかないのである。

花魁のほかに番頭《ばんとう》新造がひとり。振袖新造が四人。禿二人。合計八人でぞろぞろと店まで行くことになる。

その人数分が全部有料なのである。

もちろんそういう大尽《だいじん》遊びをする客もいるが、年々減っていて、いまではあまりいない。

「深川の方がなにかと楽だけど、稼ぐのはこっちのほうがいいね」

「なにか理由があるのでありんすか？」

志乃のめが興味深そうに言う。

「いい客が多いよ。値切るやつもいないしね。客筋は吉原が一番さ」

それもわかる。花凜は料理の修業のときは柳橋にいたのだが、たまに面倒な客がいた。吉原ではそういうことはまずないといってもいい。

「まあ、吉原が暮らしやすいよ。だから年季があけても吉原にいつづける連中が多いじゃないか」

吉原の遊女は、証文《しょうもん》を交わして先にお金をもらう。たいていは本人を売り渡した親や夫の手に渡るのだが、とにかく借金を背負うのである。

ただし、なんでもかんでも借金漬けにするわけではない。花凜の場合もそうだ。花凜は引っ込み禿として十五歳まで働いていた。

そして遊女になるのかを決めるときには、遊女になるという証文を書く。書かなければ遊女にはなれないのだ。

自分の気持ちだけでなるわけでもないが、別の道を歩むこともできるにはできる。

だから花凜は料理の道を選んだのだ。

花凜の場合は吉原のみんなに美味しいものを食べさせたかったから吉原に戻ってきたというのもあるが、吉原は女に優しい社会でもある。

もちろんつらい部分もあるが、生きていてつらさがまるでないということもないだろう。

だから吉原の大半の女は吉原が好きなのである。

「花車はけっこう気分悪いけどね」

胡蝶が言うと、志乃のめが声をあげて笑った。

「まったくでありんすね」

「それにしても美味《うま》いね。繁盛してるんじゃないの?」

「胡蝶花魁が二人目のちゃんとした常連です」

「そうなの？」

胡蝶が驚いた様子を見せた。

「もっと人気だと思った」

「人気なら入れないでありんすよ」

志乃のめがくすくすと笑う。

「それじゃあ潰れるんじゃないのかい？」

「身売り一歩手前です」

花凜が答えると、胡蝶が大きく両手を横に振った。

「駄目だよ。潰れるのは禁止だ」

それから志乃のめを睨む。

「あんたもおっとりしてないでなにか考えな」

「そんなことを言われても、飯屋のことなど考えたこともないでありんす」

「あんたもさ、花魁にだけ食べさせたいわけじゃないだろう」

「色々な人に食べて欲しいと思ってますよ」

「じゃあさ、花魁が来る店ではなくて、花魁も来る店にしないと駄目だろう。こんなところにひっそりと店を出したって誰にも分からないじゃないか」

「確かにそうですね」

看板は出したが、しっかりと宣伝したわけではない。

「どうやればいいのか分からないです」

「いやいや、あるだろう。店の前で歌うとか。踊るとか」

胡蝶は吉原言葉をすっかり捨てて深川調でまくしたてる。

「そんなことできませんよ」

驚いて花凜は言う。たしかに禿時代はいろいろ仕込まれたが、いまさらそんなことは恥ずかしくてできない。

「でもたしかに宣伝は必要だね」

神楽も言う。

「料理でなんとか宣伝できないでしょうか」

花凜は言う。さすがに唄や踊りには無理を感じる。

「料理でどうやって宣伝するんだい」

「仲の町でなにか目立つ料理を食べる、ですかねえ」

自分でも自信がないながらも、花凜は提案してみる。

「それはひとつの手かもしれないね。特にいまは七月だからね」

胡蝶が言った。

「たしかに。七月だけにいいかもしれないでありんすね」

志乃のめも頷いた。

吉原にとって七月は特別な月である。昔死んだ玉菊《たまぎく》という遊女を祀《まつ》った「玉菊灯《どう》籠《ろう》」という灯籠を一ヵ月の間吊《つ》るす。

その期間は江戸の一般女性も仲の町まで見物に来る。七月、八月と、吉原は「外」の女性が足を運ぶ場所になるのだ。

だからいまの時期は仲の町で宣伝するのは悪くない。

「どんな料理ですかねえ」

「見てすぐに美味しそうとわかるものがいいでありんすね」

志乃のめが言う。

「わたしたちも花凜の料理を食べてあげるからさ。花凜も花魁の恰好《かっこう》で仲の町に来るといいと思うよ」

胡蝶が言った。

「花魁の恰好はどうなんでしょう」

「いいじゃないか。花凜は可愛《かわい》いよ。わたしたち二人なら仲の町で遊べるしね」

仲の町は、吉原の大門をくぐってすぐにある町だ。遊女を買うための京町や江戸町よりも手前になる。

吉原みやげを買ったり、催し物をやるための町でもある。

売れている花魁は、昼間に仲の町を散策したり、茶屋で過ごしたりもする。

これは遊女なら誰でもいいというわけではなくて、見世で一番、二番といった人気の花魁だけに許された贅沢なのである。

吉原の大門をくぐるとすぐに美人が散策しているところを見せる。そこで見世に興味を持ってもらおうということだ。

志乃のめも胡蝶も、仲の町を散策できる格の花魁だった。

花魁の恰好をするかどうかはともかく、食べていて誰もが目をひく料理となるとどのようなものだろう。

「きちんと料理は考えます」

花凜は答えた。

「では、今日仲の町でお待ちしているでありんす」

志乃のめはそう言うと立ち上がった。

「じゃあね」

胡蝶も立ち上がるとちゃきちゃきと出ていった。

「何を作ればいいのかしら」

花凛は大きく息をついた。

「そうだね。どうしよう。でも頼もしい味方が二人もついたんだからここでうまくやらないわけにはいかないよ」

「そうですね」

「冷えても美味しくて、しかも派手となるとどんなものかな」

「派手というのは色かしら。それとも大きさでしょうか」

「器もあるね」

神楽が言う。

たしかに派手な器は必要だろう。

そしてそれに見合った料理というのはなんだろう。色は赤か。白か。吉原がよくやる、金や銀で飾り立てた料理は作りたくない。見てくれだけの料理に見えるからだ。

食べて素直に美味しい料理がいい。

「この時期なら素麺《そうめん》もいい」

神楽が言う。

「たしかにそうですね。吉原には珍しいし」

素麵は、美味しいが安い。なんにでも高値をつけたい吉原ではあまり好まれない。

花魁がどうしても素麵を食べたいと言えば吉原の外から運ばせて食べるのが通例だ。

そのときは高額の「運び賃」をとって客に請求する。

十六文の素麵が百八十文にもなるという仕組みだった。

「でも素麵だとわかりやすいけど豪華ではないですね。うーん。どうすれば豪華に見えるのかしらね」

「仲の町に二人が行くまで時間があるね。少し揚屋町を散策して考えをまとめたらどうかな。巳の刻になれば八百屋も魚屋も商売を始めるからね」

たしかにそうだ。食材を見れば思いうかぶに違いない。

「他の客が来るかもしれないから、巳の刻までは店を開けておきましょう」

少し期待したが、案《あん》の定《じょう》誰も来なかった。

「若湯ができましたあ」

表で声がする。

「じゃあ行きましょう」

神楽に声をかけた。

「いい食材があるといいね」

神楽が大きくのびをした。

神楽は花凜よりも少し背が高い。すっきりとした顔立ちの美人で、もし花魁の恰好をするなら花凜よりも似合うかもしれない。

「神楽が花魁の恰好をすればいいのに」

「よしておくれよ。あたしはそういうのは苦手なんだ」

神楽が軽く笑った。

「人見知りなんだ」

言いながら歩く。揚屋町には魚屋も米屋も八百屋もなんでもある。とりあえず魚屋に行ってみることにした。

巳の刻の揚屋町は元気がいい。あちこちで物売りの掛け声がする。襖《ふすま》職人が元気に走っていくのが見えた。

他の町と違って、吉原では襖の張替は派手にやる。一種の催しものなのだ。だから朝から襖職人は元気である。

「いらっしゃい！」

魚屋につくと、なにがいいかを見定める。吉原の魚屋には青魚はない。匂いがあるので食べないのである。

「いらっしゃい。今日はタコがいいよ、花凜ちゃん」

魚屋の鯛三《たいぞう》が笑顔になる。鯛三の本名は誰も知らない。吉原で魚屋をはじめるときに作った名前らしい。

歳《とし》のころは三十というところだろうか。人柄のよさそうな笑みをいつも浮かべている。常連とは言わないがたまに花凜の店にも来てくれた。

「タコか。でも鯛もいい感じね」

「鯛はいつでもいいさ。これが駄目だと商売にならないからね」

鯛三は自慢そうに言う。

たしかにそうだ。鯛三の店は、貝やタコ、イカなども多い。鯛や平目はもちろん多めに入荷されている。

「素麺の具にするのはタコあたりかしら」

「そうだね。タコを一緒に茹《ゆ》でるのも手だと思うよ」

「でもなんだか普通ね」

花凜は考える。素麺はたしかに美味しいが、驚きはない。料理を目立たせるのに必要なのは新鮮な驚きだろう。

本気でびっくりして、「美味しい！」と言ってくれないと店に来ようという気持ちにはなってくれないのだ。

驚きのある素麺はできないものか。

魚を睨んでいると神楽が肩を叩《たた》いた。

「そんな顔で魚を睨んでたら魚屋がこわがっちまうよ」

たしかにそうだ。自分の迷いを人にぶつけてはいけない。

「あとで来ます」

そう言って魚屋から離れる。自分の苛立ちを魚にぶつけてもしかたがない。

「でも、これでは八百屋でも同じですね、きっと」

「息抜きしようか、仲の町で」

「そうですね」

少し気を落ち着けたほうがいいだろう。

「甘いものでも食べよう」

神楽に言われて、少し肩肘を張っているのかもしれない、と思う。なにかやりたいことがあるからといっても身構えすぎては駄目だ。

かっちりと構えたらあとはぼんやりとやらないとうまくいくものもいかない。

わかってはいるが少々自分を追いつめているようだ。

「ありがとうございます、神楽」

「全然気にしなくていいよ」

神楽は声を出すと楽しそうに笑った。

「仲の町に行ってみよう」

昼前の時間は遊女にとっては息抜きのようなものだ。まだ昼見世も始まっていなくて通りは静かなものである。

仲の町まで行くと、一気に人が増える。特に今は七月だから、仲の町で買い物をしている女性客が多かった。

羽子板の店と大福の店がことの外《ほか》繁盛している。

「吉原で大福を買うなんて、本当にみんなお金があるよね」

花凜が思わず笑ってしまう。吉原の大福は高い。深川なら四文で買える大福が、吉原なら二百文もする。

その代わり、大福には売れている花魁の名前が書いてあった。自分が推している花魁の名前入り大福ということで値段が跳ね上がるのである。

羽子板の方は花魁の絵が描いてある。

普段は、羽子板を買うのは大概男である。しかし七月と八月に関しては羽子板を買う中に女性がかなりまざっている。

理由は八月に行われるにわか芝居のせいである。八月になると、花魁や芸者が役者に扮《ふん》して仲の町で芝居を行う。

その時に人気の花魁は男装をして芝居をすることが多かった。

男装の姿を羽子板に描くので、女性客は自分の贔屓の花魁の羽子板を買うのである。

そのせいで夏の間は、仲の町の客層は普段と少し違うことになる。

昼の間は買い物をして、夕方になると一斉に灯籠を見物する。そして華やかな遊女の姿を堪能《たんのう》して帰るのであった。

花魁が出てくるより前に仲の町は土産《みやげ》を買う客であふれていた。

「せっかくだから甘いものでも食べて行こう」

「そうですね」

花凜は頷いた。仲の町には茶屋が多い。きちんとした料理というよりも甘味が多かった。団子を食べさせる、というような店である。

「ところてんにしよう」

神楽が言った。

「好きですね、それ」

神楽はところてんが好きである。店でも食べるが、なにかというと買ってきて食べる。

「夏はやはりところてんだろ。あののど越しがたまらない」

「じゃあ菊池屋《きくちや》にしましょう」

菊池屋は、吉原の中でも人気の茶屋だ。花魁もよくやってくるから、普通の客もそれ目当てで集まってくる。

しかし、混むだけの美味しさはあった。

「ところてんふたつ。ひとつは酢醤油《すじょうゆ》で、ひとつは蜜《みつ》で。辛子《からし》は多めにね」

花凜にとってのところてんは酢醤油である。甘くするのもいいが、辛いくらいのほうが気持ちがいい。

しばらくして、ところてんが運ばれてきた。

「そういえば、花凜って吉原出身のわりには甘いもの食べないね」

神楽が言う。

「だって、ここはなんでも甘いですから」

そう言うと、神楽がくすくすと笑う。

「そうだね。鯛だってここでは塩じゃなくて砂糖焼きだからね」

吉原の鯛は甘い。焼くときに砂糖を振りかけて焼くからだ。鯛は甘くても美味しいともいえるが、花凜はやはり塩が好きだ。

しばらくして、ところてんが来た。

夏のところてんは格別の味がする。井戸水で冷えたところてんに酢醤油。そして辛子。喉をくすぐるような食感がなんともいえない。

「うちも、ところてん出しましょう」

なんとなく口にする。

そのとき、頭のすみになにかひっかかった。

こういう料理が出せないだろうか。

「どうしたの？」

神楽が訊《き》いてきた。

「ところてんのような料理が出したいです。別の材料で」

「何で作るんだい？」

神楽は興味を持ったようだった。

「何で作りましょう」

花凜も返す。こういうのど越しとなるとコンニャクだろうか。でもそれならところてんとなにもかわりはない。

豆腐も違う。

ふと、さっきの魚屋を思い出した。

魚で作るのはどうだろう。

「鯛でところてんを作るのはどうかしら」

鯛のすり身でところてんを作ったら面白そうな気がした。

「それは面白いね。でもどうやって食べるんだい？　酢醤油？」

「それが問題ですね」

鯛の身でところてんを作るとして、味つけである。鯛の味は淡い。あまり強い味つけをするとだいなしである。

「いずれにしても一度店に戻りましょう。すぐ作りたい」

花凜は立ち上がった。

とにかく作ってみたかった。もちろん店の宣伝も大切だが、思いついた料理を作るのはそれだけでわくわくする。

「待って」

神楽があわてたように花凜の左手を摑んだ。

「手を離さないでよ」

「あ。ごめんなさい」

花凜は思わず謝る。新しい料理を考えているときの花凜は頭がふわふわしてしまって、家の壁にぶつかったり、なにもないところで転んだりする。

だから神楽に手を引いてもらわないと危なくてしかたがない。

「では行こうよ」

神楽に手を引かれて歩きながら考える。

鯛の身をするときは少し山椒を混ぜた方がいいだろう。山葵《わさび》よりも山椒のほうがしっくりくる。

だとしたら酢なのだろうか。鰹の出汁は鯛だけに避けた方がいいだろう。出汁をとるなら鯛の頭と背骨がいい。

なにか野菜を一緒にして出汁をとりたい。切り干し大根と梅干しがよさそうだった。生姜もいいが少し強い気がする。

鯛の頭と背骨。切り干し大根。梅干し。そして最後に酢と醬油というところだ。

決めてみると、なかなかいいような気がする。

揚屋町の魚屋に戻る。

「鯛だね」

鯛三が笑顔で言った。

「そんなこと言いました？」

花凜は驚いて魚屋を見た。

「あんな嚙みつきそうな顔をして鯛を見てたらわかりますよ」

「そんな顔してたかしら」

「花凜ちゃんはわかりやすいからね」

「ところでところてんの道具ってどこで売ってるかしら」

「そこの小間物屋で売ってるよ」

鯛三が指さした。四軒ほど隣に小間物屋がある。

「ありがとう」

「さばいておくかい？」

「頼みます。頭と骨も使います」

自分でさばいてもいいが、鯛三の腕はいい。まかせた方がいいだろう。

鯛三にさばくのをまかせると、小間物屋に向かう。

「こんにちは」

声をかけると店主が出てきた。ここの店主は花凜の店には来てくれたことがない。たいてい自分で作るようだった。

「おや、飯屋の」

店主は笑顔を作った。

「下駄《げた》が多いですね」

花凜は思わず店の中を見る。小間物屋といいつつ、下駄と鼻緒と涼傘《りようさん》の店という風情だ。

「吉原といえば下駄だからね」

店主が笑う。

たしかにそれはそうだ。遊女にとってのお洒落《しやれ》は着物もあるが、下駄にもある。花魁道中に使うような下駄もあるが、普段は駒《こま》下駄である。

お洒落はなんといっても駒下駄の鼻緒であった。

「ところてんを作りたいんです」

「ああ、ありますよ」

まったくやる気のない顔で店主が言った。一応あるが、儲《もう》けにはならないね、という露骨な表情である。

「これしかないです」

店主が道具を持ってきた。

「思い出した。使えないと言って返されたんだ」

花凜に渡してくれる。道具を見ると、普通のものより孔《あな》が小さい。ところてんと素麺の間くらいな感じだった。

「これじゃところてんにならないと返されたものだからね。安くていいよ」

「いくらですか」

「八文でいいよ」

花凜は代金を渡した。

「たまにはうちにも食べに来てくださいよ」

「気がむいたらね」

まったく気のない様子で店主が言う。

そこはしかたがないだろう。吉原で食事をして美味しいことはあまりないから。

鯛三のところに戻ると、魚はすっかりさばかれていた。

「ありがとうございます」

受け取ると店に戻った。

「じゃあ作りましょう」

「こちらでするよ」

神楽がすり鉢で鯛をすっている間に出汁を作る。

鯛の頭と骨をよく拭いて、血を綺麗《きれい》に取り去る。それから切り干し大根と梅干しをいれてしっかりと煮た。

出汁がとれたところで火をとめる。大き目の徳利《とっくり》に出汁を注ぐと、井戸水を汲《く》んで冷やすことにした。

「そちらはどうですか」

「ばっちりだ。この美味さはやばいね」

神楽が笑顔になる。やくざ言葉が出てしまうくらいにはうまくいったようだ。

出汁が冷えるまで少し待つ。

冷えたところで、器と、井戸水の入った桶《おけ》を持って出る。徳利は井戸水にいけたまま運ぶ。

少し重いが、冷えていたほうがいい。

仲の町につくと、志乃のめと胡蝶が並んでお茶を飲んでいた。なにも食べていないのは花凜を待っていてくれたのだろう。

「待っていたでありんす」

「なにを作ってくれたざますか」

胡蝶も人前では吉原言葉になっていた。

そういえば料理の名前をどうしよう、と思う。鯛ところてん、というのではしまらない。それに普通のところてんよりは細いのだから、むしろ素麺に近い気がした。

「鯛素麵です」

とっさに口にした。

「初めて聞く名前でありんす」

志乃のめが身を乗り出した。

それはそうだろう。花凜もとっさに言った名前だ。本当にそんな料理があるのかもわからない。

「では作らせていただきます」

花凜は料理茶屋の縁台で料理の準備をした。

料理茶屋の店主が出てきた。

「おやおや。うちの店先で面白そうなことをしてますね」

声の調子からすると邪魔をしに来たわけではないようだ。どんな形でも店に人目が集まるなら文句はないというところか。

花凜は、丼《どんぶり》に冷えた出汁を張ると、ところてんの道具に鯛のすり身を詰めた。そして出汁の中に押し出す。

鯛でできた素麵が、丼の中で泳いだ。

「美味しそうでありんすね」

続けて胡蝶の分も作る。

「これはこのまま食べればいいざんすか？」

胡蝶がわくわくした顔になる。

「そのままどうぞ」

花凜は二人に箸を渡した。

あっという間に見物客が集まってくる。売れっ子花魁が、目の前で料理を食べる様子を見たいのだろう。

「団子はいらんかね」

団子屋も集まってきた。人が集まれば団子屋も集まる。雰囲気に釣られて客が次々と団子を買っていく。

吉原の外では四文の団子が、ここでは二十四文する。それでも次々と売れていった。客は志乃のめと胡蝶を見つめている。

志乃のめが、するすると鯛素麺を口にいれた。

「美味しい！」

目を見開いた。この様子は本物だ。芝居で出る表情ではない。

胡蝶も一口食べる。

「おささをおくんなまし」

店主に酒を頼む。

「かしこまりました」

店主が店の奥に入ってすぐに酒の入った徳利を持ってきた。盃《さかずき》も二つある。

花魁二人が昼から料理茶屋の縁台でさしつさされつ飲み始めたのである。客の方は、その光景に大きく盛り上がった。

「この料理は本当に美味しいでありんすなぁ」

大きな声で志乃のめが言う。

「鯛素麺ざんすよ」

胡蝶も合わせて大きな声で料理の名前を言った。

今日のうちに「鯛素麺」の名前は吉原の中を駆け巡るに違いない。そして三日もすれば昔からあった料理のように客の前に並ぶだろう。

そうやって料理が増えていくのだ。

ただ、この料理は台の物には向かない。美味しさを保てる時間が短いからだ。吉原の料理屋がそこをどう解決するのかは興味がある。

志乃のめと胡蝶を見物している客たちが鯛素麺の名前を呟くのを聞きながら、これで客が来てくれることを祈った。

「ありがとうございます」

二人の前で頭を下げる。

「美味しい料理を食べられて嬉しいでありんす」

志乃のめが軽く笑った。

金を払ってもいい笑顔があるとしたらまさにこれだろう、とつい見惚《みと》れてしまう。

花凜はあらためて礼を言うと店に戻った。花凜の店に客が来るかもしれないからだ。

店に戻ってしばらく待つことにする。

「これで客が来るといいね」

神楽が期待をこめて言った。

「まったくね。これで来なかったらおしまいじゃないかしら」

花凜も返す。

実際、これで客が来なければ吉原では失敗である。たくさんの客が押しかける必要はない。数人の客でもまずはいいのだ。

「残った鯛をどうしよう」

神楽が聞いてきた。

「蒸しておいてください。そうじゃないと悪くなりますから。それとタコと平目を仕入れてきてください。鯛ももう少し」

万が一客が来たときに、食材がないと困る。

食材を仕入れすぎて客が来ないと困るが、今日に関しては客に対応できないほうがいやだった。

夕方が近くなった頃、戸が開いた。

すっきりした単衣《ひとえ》の着物に黒繻子《くろじゅす》の帯をまいている。恰好でわかる。番頭新造だ。

番頭新造というのは元遊女である。年季があけて吉原にいる必要がなくなったあとも吉原に残った女性の職業だ。

新造といっても客をとることはない。そのために羽織りや前帯といった派手な恰好をすることはなかった。

仕事は振袖新造への教育や花魁への指導である。

「おひさしぶりでありんすね。花凜さん」

入ってきた番頭新造は、心安く話しかけてきた。

「どちら様……て、桃山《ももやま》花魁ですか？」

花凜は思わず大きな声を出した。

入ってきたのは花凜が禿だったときに勢いのよかった桃山花魁であった。

「なつかしいでありんす」

桃山が笑う。

「いい人ができて出て行ったのではなかったのですか」

言いながら席に案内する。

「いろいろあって戻ってきたでありんす。お金のない男のところにいったのが悪かったでありんすなあ」

そう言って桃山は笑った。

「生活が苦しかったんですか」

花凛が訊くと、桃山は首を横に振った。

「生活が苦しくならない程度には稼ぐひとだったでありんす。ただ」

「ただ」

「いじめられたでありんすよ」

桃山は目を伏せた。

「お姑《しゅうとめ》さんか誰かにですか？」

「長屋の人たちにでありんす」

「なぜですか？」

「お前のせいで長屋から美人が消えたと言って責められたでありんす」

「引っ越しでもしたんですか？」

「いままで美人だと思っていた娘たちが、わっちが来たら美人ではないということに気がついたと言われたでありんす」

それか、と花凛は思う。

吉原の遊女たちの、美人すぎる問題というやつだ。

遊女の多くは、五歳くらいから自分がどうやったら美しく見えるかということを学ぶ。そして容色を売り物にして生きている。

だから普通の長屋に嫁いだ場合、それまで「小町」と呼ばれていた娘たちがかすんでしまうのである。

そのせいで長屋に嫁いだ遊女はけっこう帰ってくる。

桃山は売れっ子の花魁だったから、長屋などに嫁いだら近隣の女性が全員かすんでしまったに違いない。

こういうときは、男はあまり役に立たない。昼間は仕事にでかけているのだからどうしようもなかった。

「吉原に帰ってきてすっきりしたでありんす。もう歳だから客をとることもないでありんすからなあ」

桃山は今度は楽しそうに笑った。

それから笑いをおさめて花凜を見る。

「花凜さんは料理屋になったのでありんすね」

「そうです」

「なにか食べさせておくんなまし」

「わかりました」

そう答えてから、どうしよう、と思う。鯛素麺でもいいが、夕方だから温かい物のほうがいい気がした。

せっかくの再会だし、少し贅沢な料理がいいと思う。

「そういえば、誰のところの番頭新造なのですか」

「志乃のめ花魁でありんすよ」

「それは珍しいですね」

花凛は少し驚いた。

志乃のめは、桃山が花魁だったときの振袖新造である。言ってしまえば妹分というか、子分のようなものだ。

同じ妓楼に残るにしても、自分の振袖新造の下につくことは少ない。上下が入れ替わるのも居心地が悪いし、いじめられる場合もある。

一度外に出た遊女が出戻った場合は、なかなか温かくは迎えてもらえない。

「志乃のめ花魁には助けられました」

花凛が言うと、桃山は大きく頷いた。

「いい娘《こ》だからね、あの娘は」

桃山が言うのを聞きながら気持ちを切り替える。

せっかくだから格別に美味しいものを作りたいと思う。

「なにを作ればいいのかしら」

神楽に訊いた。

「手をとりあうような料理がいいんじゃないかな」

それはどんな料理だろう。

でも手をとりあうような、というのは花凜も賛成だ。志乃のめの気立てのよさもあるが、桃山が面倒見がよかったからうまくいっているのだろう。

だとするとなにかでなにかを包むような料理がいい。

ひろうすなどもそのひとつだが、ひろうすはもう志乃のめに出した。同じ料理で後《こう》塵《じん》を拝するようなことは避けておきたい。

ひろうすのようでひろうすでないものがいい。

「なにか芯があって、それを包んだものが作りたいのです」

花凜が言う。

「じゃあタコにしよう」

神楽は頭の回転が速い。花凜が迷ってもすぐに決めてくれる。料理の知識も豊富で、頼れる相棒だった。

タコを芯にするのはよさそうだった。固めの食感が芯にはいい。タコを包むのは鯛がいいような気がした。

鯛ならば、タコの旨味《うまみ》を殺さずに調和できそうだ。

鯛素麺のときには山椒をまぜたが、今回は生姜のほうがよさそうな気がした。タコの足をサイコロより少し大きいくらいに刻《きざ》む。それから鯛のすり身で包んだ。

そのときに紫蘇《しそ》を刻んでまぜる。

丸い球に丸めると、さっと蒸しあげた。

すりおろした生姜をのせると、醬油をかけまわす。

「どうぞ」

料理を出す。そして酒も出した。

「これは熱そうでありんすな」

言いながら、ふうっと球を吹く。

「こうやっていても熱が伝わってくるでありんす」

しばらく吹いていたが、やがて球にかぶりつく。

「あふい。行儀が悪い食べ物でありんす」

あつ、あつ、という感じで食べると、冷えた酒を流し込む。

「これは人前ではとても食べられない料理でありんすね」

「美味しくないですか？」

花凜が思わず訊く。

桃山は大きく首を横に振る。

「ここでしか見せられない姿でありんすよ」

どうやら気に入ってくれたようだ。

「でも繁盛しすぎると困るでありんすね。この店は、行列に並ぶような店には向かないでありんしょう」

三日月屋は、座敷全部を埋めれば二十人くらいは入る。しかし、一度に二十人も入ったら二人ではとても手が回らない。

二人で回せる人数は六人というところか。

「たしかにお客さんに来て欲しくてなにも考えていませんでした」

「座敷を回すには人数が必要でありんす。禿のときに見たでありんしょう？」

たしかにそうだ。花魁が客を迎えるときは、客ひとりになんだかんだで十人近い人数が動員される。

花凜の店ではそういう接待はないが、たとえば十人が一斉に押し寄せれば、二人では相手をすることができないだろう。

「ありがとうございます」

花凜は頭を下げた。知らずに危ない橋を渡っていたらしい。

「ここの料理は美味しいでありんす。今度は志乃のめと来るでありんすよ」

すっかり食べてしまうと、桃山は立ち上がった。

「繁盛しなんし」

そう言うと、桃山は出ていった。

神楽が花凜の後ろに立った。

「この店、あまり繁盛するとやばいね。回せない」

「そんな気がしてきました」

花凜はため息をついた。

店に客が来ない問題を考えたことはあったが、繁盛したときの問題点は考えたことがなかった。

「こんち」

考えていると戸が開いた。入ってきたのは文使いの太助《たすけ》である。

「いらっしゃい」

「相変わらず美人だね」

「ありがとう」

「飯」

「わかりました」

太助は文使いである。文使いというのは、遊女が書いた手紙を一日二回、大門の外の船宿に届ける仕事だ。

一通十六文。一日に三百通近くを届ける。だから懐《ふところ》は比較的温かいのだ。

「飯」

「相変わらず飲まないんですね」

「酒は寝る前に少し飲めばいいんだ。仕事するには酒よりも飯だよ」

「では作ります」

太助の求めるものは「量」と「元気が出る」のふたつである。淡くて柔らかい料理などは求めていない。

さらさらと食べやすい、というものではなくて、ごつごつ、どすんどすん、みたいな印象の料理が好きである。

男向けという感じで作っていても楽しい。

「ちゃんと用意してあったマグロの血合いの醤油漬けを取り出した。

花凜は用意してありますよ」

血合いの醤油漬けは太助しか食べない。味は濃いのだが少々血腥《ちなまぐさ》いからだ。ほかの魚と違って、マグロは新鮮ではない方が美味しい。

死んだあとに美味しくなるから「死尾《しび》」というくらいで、数日醤油に漬けておいた方がぐっと美味しさが増すのである。醤油だけを使っていると味が塩辛くなりすぎるからみりんをまぜて漬けこんでいた。

取り出した血合いを刺身のように薄く切ると、胡椒《こしょう》をまぶす。まぐろの臭みを消すのには胡椒がいい。

しっかりと胡椒をまぶすと、一枚ずつ焼いていく。マグロの焼けるいい匂いがあたりに漂った。

「たまらないね」

太助が匂いで腹を鳴らす。

胡瓜《きゅうり》を酢醤油に漬けたものと、塩でもんだ大根《だいこん》の薄切りもあわせて出す。

「美味そうだ」

太助が勢いよく飯をかきこむ。食べるというよりも喉の奥にぐいぐいと押し込んでいるという感じだ。

マグロもあっという間に消えていく。

「もう少しマグロをくれ。飯も」

太助が勢いよく空の丼をさしだす。

丼を渡しながら、花凜は気になることを訊いた。

「うちの店に客が来ないのはなんでだと思う？」

男の目から見て味になにか問題があるのかが気になった。

「ああ、なんだ。簡単だよ」

太助は飯を受け取りながら言った。

「値段が書いてないだろう、店の入口に。あれじゃ怖くて入れないよ」

「それが理由ですか？」

花凜は思わず聞き返した。太助が頷く。

「当たり前だろ。ここじゃ、お茶一杯だっていくらとられるかわからないんだからよ」

たしかにそうだ、と花凜は納得する。味噌汁と飯で一両、と言われても吉原なら不思議ではない。

客の懐から金を根こそぎ奪い取るための街ではある。だから入口に値段が書いていないというのは恐ろしいことなのだ。

料理の味のことばかり考えて、入りやすさのことは考えていなかった。自分が値段をふっかける気がないから見落としていたのである。

「ありがとうございます。助かりました」

「じゃあここのお代はなしかい」

「二十八文で」

「しっかりしてるね」

言いながら、太助は代金を置いた。

「うまかった。またな」

太助が帰ると、花凜はため息をついた。

「まさかそんなわけで入れないなんて考えもしなかったです」

「でも確かにそうだね。ここは外の世界とは少し違うから」

深川でも日本橋《にほんばし》でも、飯屋には相場というものがある。そこから外れてしまえば商売にはならない。基本的に地元の人間が客だからだ。

しかし、吉原は違う。二度と来ないかもしれない客の懐を全力で狙うのだ。花凜のいる揚屋町は吉原で働く人間が客だが警戒心はあるということだろう。

「こんな単純なことを思いつかないなんて、客のことを全然考えてなかったっていうことですね。反省しないと」

花凜が言うと、神楽が首を横に振った。

「反省なんかしちゃだめだよ。いいことなんて何もないさ」

「でも、反省しないと前に進まないのではないでしょうか」

花凜はそう思う。が、神楽は肩をすくめた。

「反省っていうのは過去にした失敗をくよくよ考えることさ。そんなことをしてもつまらないよ」

「ではどうしたらいいのでしょう」

「うまくいく方法を思いつくんだ。反省ではなくて思いつきだよ」

なるほど、と花凜は思う。似ているようでけっこう違う。反省は後ろを向くことで思いつきは前を向くことだからだ。

「反省なんて思ってもね、そんなことできないんだよ。だって反省は面白くないことだからね」

神楽がきっぱりと言った。

そう言われるとたしかにそう思う。反省は面白くない。同じ失敗をしたくないなら、しない方法を思いついた方が楽しいには違いないだろう。

「だから、どうしたら客が入りたくなる看板になるのかを考えよう。単に値段を書くだけでは工夫がないよ」

「そうですね。どうしよう」

花凜は考え込んだ。

たしかに値段を書くだけだと不親切だ。なんかもっと分かりやすい工夫がいる。今日の献立も書いた方が良さそうだ。

「何かこう、立ち寄りたくなるような料理の名前を考えましょう」

「名前で引っ張るのはいいかもしれない」

神楽も賛成する。

一体どんな名前なら店に入りたくなるだろう。

「いまの時期はやはり、玉菊飯かな」

神楽が言った。

「いいね」

吉原において、玉菊の名は非常に強力だ。悲劇の象徴でもあるし、教養の象徴でもある。同時に酒の象徴でもある。

だから玉菊にふさわしい料理を出せば客は来るだろう。

「しかしそれはどんなものなのかしら」

「河東節《かとうぶし》に引っ掛けるのはどうだろう。玉菊なら」

「浄瑠璃《じょうるり》か」

河東節は玉菊が得意にしていた芸である。江戸浄瑠璃のひとつだ。吉原ものとも言われているくらい関係が深い。

遊女揚巻《あげまき》の恋物語でもある。

「揚巻ね。それは使えそうですね」

花凜はぱちん、と指を鳴らした。

揚げなら油揚げだろう。巻きのほうはなんだろう。海苔《のり》巻きがいいともいえるが、もう少し簡単なものの方が店は回しやすい。

「油揚げになにか詰めて巻くといいかもしれません」

「鉄砲巻きなんかはどうかな？」

「それもいいです」

鉄砲巻きは、甘辛く煮付けた干瓢《かんぴょう》を芯にした飯を海苔で巻いたものだ。細長い姿が鉄砲を思わせるから鉄砲巻きという。

しかし、揚巻は勇ましいわけではないから、鉄砲はあわないかもしれない。揚げと巻きという考えはいいと思うから、あとは中身だ。

吉原ということを考えると少し甘いほうがいいのかもしれない。とはいえ、甘くない料理を食べて欲しくもある。

自分の意地を通しすぎるのもよくないが、最初の気持ちを忘れるのもどうかと思う。

「どうしたらいいでしょう。甘くしたくもあるし、甘くしたくもないという気持ちです」

「では、揚げが甘ければ鉄砲は辛い、というような形がいいかもしれない」

神楽に言われてあらためて考えた。

といってもまだ思いつきはしない。

あれこれ考えていると、戸が開く音がした。

「こんにちは」

胡蝶である。吉原言葉を使う気がまったくない様子で座敷にあがると、花凜に向かってほほえんだ。

「頼みがあるんだけど」

「なんでしょう」

「受けてくれるかい？」

「どんな頼みなんですか？」

「受けてくれたら話すよ」

どういうことだろう。こんな言い方をするということはかなりやっかいな頼み事なのにちがいない。

それと同時に、どうしても受けて欲しいということだ。

「わかりました。お受けします」

花凜が答えると、胡蝶が両手で花凜の右手を摑んだ。

「じつは、勝負してほしいんだ」

「勝負ですか？」

「座敷で料理の勝負をしてほしいのよ」

「料理勝負？」

「そうさ。小紫《こむらさき》って花魁と勝負するんだよ」

「花魁ですか？」

「ただしくは、花魁が連れてくる料理人だね」

胡蝶が胸を張る。

「吉原の料理人なんですか？」

「いや、柳橋の料理人だね」

柳橋。一番聞きたくない名前である。江戸の中でも名料亭が集まっている場所だ。

そこで働いている料理人となると、経験では花凜とは比較にもならない。

勝負としては無謀といえた。

「あの」

言いかける花凜を、胡蝶が右手でとめた。

「わかってる。でも勝って。お願いだよ」

「なにがあったんですか」

「深川を馬鹿にされたんだよ」

胡蝶は腹立たしそうに言った。

吉原にとっては、吉原育ちかどうかは大きな問題だ。深川から「買われて」来た岡

場所の女への風当りは強い。

外から来た女たちは吉原にあまりなじまないままに奉公があけて去ることが多かった。彼女たちは出戻りしてくることもない。

しかし、胡蝶は破格の高値で売られた女である。吉原で一旗あげずには帰れないといった気概を持っているのだろう。

「それはいいのですが、勝負だけですか。なにか賭けたのですか」

「負けたら一ヵ月相手の廻《まわ》しになる」

胡蝶が横を向いた。

「なんてものを賭けるのですか。花魁としては賭けてはいけないでしょう」

「わかっているよ」

胡蝶が唇を噛んだ。

廻しというのは、花魁が客の相手をできないときに一夜をともに過ごす代理である。代理といっても体を許すことはない。話し相手だけである。

ここで問題なのは「格下」という扱いを受け入れることだ。

それにしても、それなら相手にとっても危険はあるはずだ。

「相手からもちかけてきたんですか？」

「そうだよ」

胡蝶が頷く。

ということは、絶対に負けるはずがないという料理人が来ているということだろう。

花凜に勝ち目があるとは思えなかった。

胡蝶が花凜を真剣に見る。

「勝ってくれたら恩に着るよ」

「手抜きなんかしないですよ。勝ちにいきます。ところで、勝ち負けは誰が決めるのですか？　公正な勝負なのですか？」

「考えてなかったな。誰だろう。新造たちかな」

「それでは、自分側の料理が美味しいと言うに決まっているでしょう。公正な審査員が必要です」

「そうだね。それはかけあうよ」

絶対を期するなら、審査をする人間も抱きこんでいるかもしれない。公正ではない方法で負けるのは避けたかった。

公正な勝負だとしても花凜に勝ち目はなさそうだが。

「勝負はいつですか」

「明後日だよ」

「わかりました。それまでに考えます」

「ありがとう。じゃあわたしは行くね」

そういうと、胡蝶はあわてたように出ていった。そろそろ夜見世の時間だから、遊んでもいられないのだろう。

「どうやって勝つんだい。引き受けたのはいいけど」

「まったく勝てる気がしないです。どうしよう」

花凜はため息をついた。

「相手は一流の料理人の気がします」

「本当に一流ならそうかもしれないけどね。相手が一流だとは思わない」

神楽がきっぱりと言う。

「どうしてですか？」

「女にいい恰好をするために包丁をふるうなら、それは矜持《きょうじ》を持たない安っぽい料理人だよ。本物じゃない」

神楽に言われて、少し気を取り直した。確かにその通りだ。花魁に言われたからといってうかうか勝負するなら、たしかに本物ではないだろう。

花凜が本物かということは置いておいてあきらめるには早い。

「どんな料理ならいいんでしょうね。勝負というからには勝つ料理ということになるのですか？」

花凜が訊くと、神楽が少し低い声で唸《うな》った。

「勝つというのが目先の勝負ごとの意味なら違うだろうね」

それはそうだ、と花凜は思った。目先にとらわれて料理を作ってもいいことはない。客のためではなくて、勝負のために料理を作るのはいいことではない。

「じゃあどうしましょう」

「審査を誰がするかにもよるけど、玉菊飯を完成させればいいだろう。無理な料理は無理を呼ぶからね」

「相手は豪華なので来る気がします」

花凜は言ってから、勝ち目があるような気がした。

そう。相手はおそらく豪華な料理で来るのだろう。しかしここは吉原なのだ。豪華な料理はむしろ日常だ。

豪華でせめてくるならかえって勝ち目はありそうだった。

「そうね。明日も食べたくなるような料理で勝負しましょう」

「でも、勝負の日までは内緒にしよう」

神楽が戸口のほうを見ながら言った。たしかに誰かが物見に来るかもしれない。

今日のところは普通に仕事をするのがよさそうだった。店先には「三十文」という値段だけ貼っておいた。

昼の鯛素麺の影響はあるのだろうか、と少し気になる。

酉《とり》の刻（午後六時）が近づいてくると、いよいよ吉原は本番だ。料理屋に人が来る時間でもある。遊女たちはみな見世の中で華美を競う時間だ。

そのかわり、揚屋町ではそろそろ食事にしようという人たちが飯屋にやってくる。

「客がきたときの準備はしておきましょう」

「どうしよう」

「タコを煮ておきましょう」

「鰹《かつお》入れるかい？」

「そうね。入れましょう」

タコや貝を煮るときは、ふつう鰹節を入れたりはしない。魚の味がかぶるからだ。ただし、味を濃くしたいときには入れる。

そのときに小豆《あずき》と沢庵《たくあん》も入れて煮るとなかなか具合がいい。大根を煮ても美味しいのだが、花凜の感覚としては沢庵のほうがタコにはあっているような気がした。

タコがいい具合に煮えてきたが、客はまだ来ない。

「今日の今日じゃ無理でしょうね」

花凜が言うと、神楽も大きく頷く。

「そこは気長にいこう」

その瞬間、戸が開いた。

「こんばんは」

一人の男が入ってきた。

「飯屋でいいのかい」

「はい。どうぞ」

「安い飯屋があったんだね」

男はきょろきょろと店の中を見回す。

「そうですよ。揚屋町の人ですか？」

花凜は訊いた。

「いや。仲の町で商売してるんだ。昼間に見て気になってね」

「なんの仕事してるんですか」

「下駄と涼傘さ。いまの時期は繁盛してるよ。なにか欲しいものがあれば来てくんな。生駒屋《いこまや》っていうんだ。俺は三次《さんじ》だ」

「ああ。見たことはありますよ」

「ありがたいね。安くしとくよ」

「仲の町の下駄屋ならいくら安くしてもらっても揚屋町の倍はするでしょう」

「ここの飯がうまかったら同じような金額になるさ」

三次は平然と言う。

「この時間では鯛素麵はないですよ」

「わかってるさ。なんでもいい」

三次の言葉に、花凜は気を引き締めた。なんでもいい、という客は案外怖い。「うまい」と「まずい」の二つだけでごたくがない。

だから顔を見ていろいろ決めることにしている。料理、と一口にいっても客にも好みはある。万人に同じように受ける料理というのはありはしない。

台の物のように客の顔が見えない料理はしかたないが、顔が見えるなら多少の味の調整はするほうがいい。

三次の顔は、顎のところが四角く張っている。これはわりと濃い味が好きな顔だ。反対にうりざね顔だと薄味がいい。

「どうしましょう」

花凜は神楽の耳元に囁《ささや》いた。

「濃くいこう」

せっかくタコが煮えているところだからおかずには困らない。あとは味つけである。

薄く醬油を入れて煮てはあるが、仕上げにもう少し味を足す。その具合で料理は大きくかわるのだ。

醬油は置いておくと酸味が出る。だから味を安定させるためにみりんをいれて少し甘くしておくことが多い。

そうでなければ生姜や唐辛子を入れておく。

今日の客は辛いのが好きな気がする。

「お客さんは七色唐辛子は好きなほうですか？」

「お。いいねえ。大好きだよ」

三次は嬉しそうに言った。

これで決まりだ。

タコを皿に盛るときに、みりんの入った醬油を少しと、唐辛子の入った醬油をかける。そうしてから飯と汁を一緒に出した。

汁は、鳥貝《とりがい》を煮て、生姜と塩で味を調えたものである。こちらも、最後に塩を多めに振って出した。

飯は大盛りにする。

「いいねえ」

三次は声を出すと、まず飯を喉の奥に突っ込んだ。それから汁を口の中に流し込む。ぐいっと飲み込んだ。

「いいね。ここの飯は」

笑顔になった。

「飲んだみたいですけど」

「飯は飲まないと味がわからねえだろう」

三次が当然のように言った。

これはきっと珍しくないのだろう、と花凜は思う。花凜はたまたま三次のような客に当たっていなかっただけだ。

続いて三次はタコをつまむと、口の中に押し込んだ。それからやはり飯を押し込む。ぐいっと飲み込むと、つづいて沢庵を口に放り込んだ。ぽりぽりと嚙み砕《くだ》く音がしたかと思うと、後追いで飯を口の中に放り込む。

適当に飲み込んでいるように見えるが、案外こまかく飯の放り込み方を変えている。食べ物にはこだわっているのだろう。

「おかわり」

飯椀をさしだされて、大盛りでよそう。

三次はおかずを全部食べたあと、今度は飯を口に放り込んでからタコの煮汁をぐいっと飲んだ。

「うまかった。また来る」

ぽん、と代金を置くと出て行った。

「あんな客もいるんですね」

花凜は思わず息をついた。

「食べるじゃなくて飲むとは思わなかったです」

「でも、また来てくれるね」

神楽が楽しそうに言う。

「そうね。常連にはなってくれそうです」

美味しい、と言ってくれるのがなによりの励みである。

「今日はわたしたちも飲もう」

三次の食べっぷりを見てお腹が減ってしまった。幸いタコはたくさんあるから、二人で食べるには充分だろう。

店の看板をしまうと、酒を出してきた。

「こんな時間に店仕舞いなんてだらしないですわね」

「いや。飲もう。ぱあっと」

神楽は屈託のない笑顔で答えた。

「考えてもしかたないときは飲むのがいい」

言いながら酒を出してくる。

「景気をつけるときはこれだよ」

神楽が出してきたのはどぶろくであった。

「好きですね、どぶろく」

「どぶろくのろくは五臓六腑《ごぞうろっぷ》の『ろく』ってくらいだからね」

言いながら茶碗《ちゃわん》を出してくる。

「しかも茶碗なのですね」

「こっちのほうが雰囲気あるよ」

神楽が嬉しそうに酒を注《つ》いだ。

「これも」

言いながら、黒砂糖の塊を手渡してくる。

「これ、早く酔うんじゃないでしょうか」

「酔わないでどうするの」

神楽は当然のように言った。

黒砂糖を口に含んでからどぶろくを飲む。黒砂糖が口の中で溶けて、つぶつぶした液体とともに喉の奥に入っていく。

甘酒とは一味違った甘さである。

「でもこれはちょっと、あわせるつまみがわからないです」

「これ」

神楽が最中《もなか》を出してきた。

「竹村伊勢《たけむらいせ》ですね」

「これがあんがいいんだよ」

竹村伊勢は、江戸町にある菓子屋だ。巻煎餅《まきせんべい》と最中が名物である。食べてみるとたしかにどぶろくと最中は案外いける。

「美味しいですね」

飲みながら、それにしてもどうやって勝ったものかと思う。そもそも花魁同士が勝負をするというのはめったにあることではない。

同じ見世の花魁でも喧嘩《けんか》は御法度だ。ましてや別の見世の花魁と喧嘩をするなどというのはまず考えられない。

妓楼を経営している楼主というのは花魁同士のいざこざには厳しい。それをあえて認めるということは今回の勝負は茶番だということだ。

客が見世を一軒借り切って勝負という名前の遊びを仕掛けているということだろう。そうだとすると勝負を決める審判は客ということになる。

胡蝶の客が決めるのでなければ当然相手の勝ちだ。公正などというのはどこにもありはしないということになる。

それを越えて勝つとなると、いくらなんでも花凜の側が勝っていないと審査する側が恥ずかしいという圧倒的な状況を作らなければいけない。

しかも料理人としては相手の方が上という状況でもある。

絶体絶命という言葉があるならまさにこれだろう。相手が油断していておかしな料理を作るのでなければダメだという他力本願な状況でもある。

その場にいる花魁全員が花凜の料理の方を食べたいと思わなければいけない。

そう考えるとなんだか楽しくなってくる。吉原でしっかりと根を張るためには無茶な状況で有名にならなければどうしようもない。

これは危機ではなくていい機会だというとらえ方をすべきだろう。

花魁全員が食べたいと思う料理というのはなんだ。

「それにしても、わざわざ胡蝶に傷をつけたいということはないと思うけどね」

神楽が首を傾《かし》げた。

それはそうだ。胡蝶側からすると負けていいことはなにもない。

すると、胡蝶が不利なように見せかけて勝ちを拾いにいくということか。そうだとすると花凜の存在は予想の外《ほか》ではないだろうか。

「なにがなんだかわからないですね」

「楽しもう」

神楽が言った。

「楽しむ。ですか」

「そうだよ。なんだかわからない勝負だからね。楽しむしかない」

「そうですね」

楽しむのは大切だ。料理というのは作っている人の心が映される。料理をする人間の心が荒れていれば料理も荒れてしまう。

勝負といっても客を楽しませるためのものだから、花凜の方も楽しい気持ちで作らなければいけないのである。

「明日揚屋町で相談してみればいいさ。魚屋もいれば八百屋もいるんだから」

「そうですね」

「それよりも朝になったら胡蝶さんも志乃のめさんも来るだろ。二人にはしっかりと食べてもらわないといけないよ」

「ええ」

「早起きのためにもしっかり飲もう」

「なんだか変な理屈ですね」

花凜は思わず笑ってしまった。しかしまったく神楽の言う通りである。ここは思い切って飲んで明日元気になるべきだ。

そう思って、花凜は改めてどぶろくを呷《あお》ったのだった。

そして翌朝。

「おはようでありんす」

最初に入ってきたのは志乃のめだった。

「胡蝶さんのために料理を作るでありんすね」

入ってくるなり志乃のめが言う。

「それはもう、かなり広まっている話なのですか」

「吉原中が知っているでありんす」

「一体何でそんなことになってるんですか」

花凜は思わず聞き返した。

「そうでありんすね。胡蝶さんは人気があるから、面白くないと思っている花魁も少なくはないでありんすよ」

志乃のめがくすくすと笑った。

「なにかのはけ口なのですか」

花凜が言うと、志乃のめは大きく頷いた。

「そうでありんすね。吉原育ちから言うと、深川からやってきて客の心を摑まれるのは面白くないでありんしょう」

「志乃のめさんもですか？」

花凜が言うと志乃のめは声をあげて笑った。

「わっちは歓迎でありんすよ。吉原の女がみんな似たようなものになったらお客様も飽きてしまうでありんす」

志乃のめは人気絶頂だから余裕もあるのだろう。

「それにしても、花魁同士の勝負なんてよく楼主が認めましたね」

「そこが問題でありんすよ」

志乃のめは真面目な表情になった。

「花凜どんにすべてがかかっているでありんす」

どうやら、花凜の知らない事情があるらしい。

「なにかあるんですね」

「そうでありんすね。いま、吉原という国は危ないのでありんすよ」

「危ない？」

「このままでは岡場所に食われてしまうでありんす」

志乃のめは唇を噛んだ。

どういうことだろう。吉原は、女遊びということにかけては絶対的に保護されている。他の場所は違法なのである。

だから食われるといってもたかが知れているように見えた。

「どうして志乃のめどんはそう思うの？」

「胡蝶花魁は三味線の名手でありんす。技量において対抗できる花魁が何人いるやら。なのに吉原に育ったというだけで深川を馬鹿にするような人たちもいるでありんすよ」

「それはわかりますが。楼主が納得する理由ではないでしょう」

「それが納得するのでありんすよ」

志乃のめは大きくため息をついた。

「勝負の場所は仲の町でありんす」

「え。本当ですか？」

花凜は思わず聞き返した。

それは花凜としては知らなかった。妓楼の中でひっそりと戦うのだと思っていた。仲の町で戦うのだとすると状況はまるで違う。

花魁同士の対決を新たな商売にしたいということだ。

そうだとすると、女料理人の花凜などはいい見世物ということになる。

「それはなんというか、危ない橋ですね」

花凜は言う。料理人は、注目されることには慣れていない。裏方だからだ。大勢のひとの前では手が縮こまってしまうかもしれない。

「相手の料理人は人前でも料理ができるのでしょうか」

「だから仕掛けてきたんでありんしょう」

仲の町の勝負ごとにしたら「勝ち負け」があってもどちらも傷は少ない。恥ずかしいかもしれないが、負けたからといって客が離れるわけではない。

むしろ負けた側を贔屓するということもありえる。

客の獲得を考える妓楼からするとありそうだ。むしろ、楼主が率先して仕掛けたということかもしれない。

「それはそれとして。料理を作っておくんなまし」

志乃のめが言ったとき、戸が開いた。

「おはよう」

胡蝶が入ってくる。

「おはようでありんす」

「なにか作って。今日の客はまいっちまったよ」

胡蝶がやや不機嫌そうに言う。

「どうかしたんですか」

「お前を身請けしたい、だってさ」

胡蝶はため息をついた。

「いい話ではないですか？」

花凜は思わず返す。吉原の女の「あがり」は身請けである。金持ちのところに妾《めかけ》として行って楽に暮らすのが目標のひとつといってもいい。

「なにがいい話なものかね。考えてごらんよ。ひがな一日家でごろごろして、旦那の帰りを待つ生活のなにがいいのさ。客の前で三味線弾いてさ、この花魁はなんて綺麗なんだ、って見られている生活のほうがいいに決まってるだろう。身請けされてもいいが、それは歳でもう見世で人気がなくなってからだね」

胡蝶はきっぱりと言う。

たしかにそうかもしれない。花魁として美貌を競っている生活をやめて部屋の中でぼんやり過ごすのは退屈だろう。

胡蝶は吉原育ちではないが、吉原で育った女なら、芸事はたいていできる。誰かに見せてこその芸なのだ。

「だから身請けってうるさい客は切りたいんだけどさ。そういう客にかぎって金払いがよくてねえ」

胡蝶がため息をつく。

売れていない遊女からすると贅沢な悩みといえた。

「それはそうとして、飯と酒」

胡蝶がぞんざいに言った。

「ことば遣いが乱暴でありんすよ」

「この店で吉原言葉なんて使いたくもないね。気楽にやりたいから」

「そうでありんすか」

志乃のめが下を向いた。

「わっちも酒と飯をおくんなまし」

なにか対抗意識が芽生えたらしい。

「酒と飯ですね」

神楽が繰り返す。二人が同時に頷いた。

「酒と飯だそうだ、花凜」

神楽が意味深な表情を見せた。

酒と飯。つまり飯で酒を飲ませようという意味だろう。加薬飯《かやくめし》を作るのがいいに違いなかった。

どうしよう、と思う。

飯はもちろん炊《た》いてある。どう味をつけるかだ。

ここは単純に行こう、ときめる。

「とりあえずこれをどうぞ」

沢庵を出して、酒も出す。

それから、鍋に湯を沸かした。

鰹節を出して手早く削る。普段煮物に使う量の三倍ほど削った。それから、削った鰹節を全部「わっ」と鍋の中にいれる。

鰹節でしっかりと出汁をとってから、醬油とみりんで濃い目に味をつけた。豆腐を取り出すと、温かい飯の上にのせる。

それから汁をかけた。飯からぱっと湯気がたちのぼる。最後に生卵を割り入れると出来上がりである。

「美味しそうでありんす」

あっという間に温かい食べ物に慣れた志乃のめが嬉しそうな声を出した。

「たしかに飯と酒だね」

胡蝶が汁を一口飲むと酒を呷った。

「勝負のときもこんな感じで頼むよ」

「そういえば、仲の町でやるんですか？」

「そうらしいね」

「どの時刻にやるのですか」

よく考えたら時刻を聞いていなかった。なんとなく夜なのか、と思っていたが、夜にはやらないかもしれない。

夜はあくまで客の相手をする時間だからだ。

すると昼間ということになる。玉菊灯籠を見物にきた客にも見せつけたいということだ。吉原の評判にもかかわることではないだろうか。

「昼間だと思うね」

胡蝶は当然のように言う。

「それはどういう勝負なのでしょう。楼主がいいというのは不思議です」

「最近、吉原が少し陰ってるからねえ」

胡蝶が言う。

「こう言ってはなんだけど、わたしのせいだね」

「胡蝶さんのせい？」

「うん。わたしら深川芸者のせいさ」

「どういうことですか？」

「吉原は高いのさ」

胡蝶が言う。

「そうでありんすね」

志乃のめも頷いた。

「どのくらい高いんでしょう」

吉原の値段がいろいろ高いというのは知っているが、深川と比べたことはない。

「簡単には比べられないけど、五倍じゃきかないかもね」

「そんなにですか？」

花凛は驚いた。そんなに差がつくのなら、客は吉原に来ないで深川に行ってしまうだろう。

「売っているものが違うでありんす。値段では比べられないでありんしょう」

「そうだね」

胡蝶が勢いを落として言った。

「何が違うのですか？」

花凜が重ねて尋ねる。

「深川は芸と体を売るでありんす。吉原は夢を売るでありんす」

志乃のめが言った。

胡蝶は一瞬なにか言いかけたが、なにも言わずに頷いた。

なるほど、と花凜は思う。

志乃のめの言いたいことはわかる。吉原で遊んだということそのものがいい思い出になるということだ。

吉原できちんと遊ぶには、三回以上通わないといけない。そうでないと名前を読んでもらうこともできない。

初回と二回目は呼び名は「主《ぬし》さま」であって、名前を読んでもらえるのは三回目だ。しかし、たとえは田舎《いなか》に住んでいたりすると、吉原に来ることができるのは一生に一回というのも珍しくはない。

それでも来たい、というのが吉原である。夢という名前の嘘《うそ》を売っているのだ。

岡場所は最初から欲望を売っているのだからかなり違う。

粋《いき》や通《つう》といった言葉が通じない野暮天《やぼてん》ばかりの世のなかになったら吉原も消えてしまうかもしれないが、まだ大丈夫だろう。

そこまで考えて、花凜ははっとした。

自分の料理はどうなのだろう。

もちろん美味しい料理を作っているつもりはあるが、華はあるのだろうか。

この町では、華のない料理は気持ちをそそられないのかもしれない。実のある料理は大切だ。しかし、たとえば勝負ではどうだろう。

地味なまかない料理で勝負したら勝てはしない。

地味と派手を両方そなえていなければいけない。

花凜は自分の夢を考えるあまり、客の夢は考えていなかったような気がした。

「ありがとうございます」

花凜は二人に頭を下げた。

「どうしたんだい」

胡蝶が驚いた顔になった。

「料理を作るうえで大切なことを忘れていました」

「華でありんすね」

志乃のめが言う。

「気が付いていたんですか？」

「もらろんでありんす。でも、揚屋町の料理には華はいらないでありんすよ。ほっとする料理がいいでありんす」

志乃のめが、酒を一口飲んだ。

「毎日の料理が華だらけだと、うっとうしいでありんす。とはいっても勝負の料理を作るときもありんしょうから」

胡蝶も、酒を飲んで大きく息をついた。

「そうそう。普段の料理はこれでいいよ」

「でも、勝負の時は困りますよね」

「そうだね」

胡蝶が頷く。

どうしたものか、と花凜は思った。

「料理というか、物事は華だけじゃないよ」

不意に神楽が口を出してきた。

「華じゃないものって？」

「華と並びたつものは地味ではない」

きっぱり言いきってから、あらためて言う。

「毒だよ。そしてあたしが思うに、相手の料理人は毒のほうなんじゃないかね」

「どうしてそう思うのですか？」

「勝負の場所が仲の町だから」

神楽は当然のように言った。

「もしこれが普通の廓《くるわ》の中なら、いかさまで勝ってしまえばいいから相手の腕はどうでもいいんだ。でも、仲の町で勝負となると、もしかしたら見える場所での勝負になるだろう？　そうなるといかさまはやりにくい。だから勝負に勝てる料理人がやってくると思うんだよ」

「そうだとしても、華ではいけないのですか」

「勝負だからね。美味しいだけではなくて、相手を落として、自分のほうが上だと思わせる料理を作るだろう」

なるほど、と花凜は思う。それは考えたことがなかった。

「金持ちは勝負が好きだから、お座敷料理勝負はわりとある。そういった勝負に慣れた料理人が来るのではないかな」

「だとしたら勝てないのではないかしら」

花凜は思わず言った。

さすがにそんなことを言われたら不安になる。

「いや、なんとかなるだろう」

神楽は自信たっぷりである。

「でも、少し恥ずかしい思いをしなければならないよ」

神楽がくすりと笑った。

「恥ずかしい？」

花凜は思わず訊く。修業をするとか、苦しい思いならわかるが、恥ずかしいとはなんだろう。そうはいっても勝つためにはなんでもしなければいけない。

「必要ならなんでもします」

「花魁の恰好か巫女《みこ》の恰好をしなよ」

「え、恰好？」

花凜は驚いて神楽を見た。

「そう、恰好だよ。相手の料理人は男だからね。花魁の恰好はできないさ」

「そうだけど、恰好は関係ないでしょう」

花凜は反論した。いくらなんでも花魁の恰好で料理を作るのは無理だろう。

「いい考えでありんすね」

志乃のめが賛成した。

「どうしてですか？」

「ここは花魁の町でありんす。まかない料理を作るのも花魁あがりが多い。だから花魁が包丁人というのはみなが納得するでありんすよ」

そう言われればたしかにそうだ。吉原は、普通の料理人は男だが、妓楼で遊女が食べるための「まかない」は女が作る。

料理人の修業をしているわけではなくて、遊女の年季奉公があけたあとに吉原に残った女が妓楼に料理人として雇われるのである。

一般の客は事情は知らないが、遊女側からすると親近感がある。

「しかし、そんな衣装持ってないですよ」

「衣装ならいくらでも貸すでありんす」

志乃のめが言う。

「わたしの頼みだからね。まかせなよ」

胡蝶も言った。

無茶苦茶な話だ、と花凜は思う。しかし、相手が勝負に慣れているならこちらも思い切った手が必要になると思われる。

それが衣装というならやるしかない。しかしそうだとしたら衣装にあわせた料理が必要になるだろう。

そのとき、ふと思いついたことがある。衣装が花魁なら、料理も花魁を模《も》すのがいいのではないだろうか。

花魁の特徴といえば簪《かんざし》である。大小十六本もの簪を挿して頭を飾り立てる。だから皿を頭に見立てて、串に刺した料理を並べるといいかもしれない。

揚げや巻きとも相性はよさそうだ。

「うん。そうね。花魁やる。本物はできないけど恰好だけなら」

「八文字《はちもんじ》は踏めるでありんすか？」

「禿《かむろ》のときに練習したから平気です」

八文字というのは、花魁道中のときに遊女が使う歩き方である。下駄が八の字を描くように歩くので八文字。

歩けるようになるのに三年ほどかかるので、花魁の真似《まね》はなかなか難しい。その点花凜であれば平気である。

「それならわたしが花魁道中をしたてようじゃないか」

胡蝶が身を乗り出した。

「わかりました」

花凜は頷いた。どうやら後にはひけないらしい。もっとも吉原で仕事をするなら、後にひいても意味はない。前に出るだけが選べる道である。

「算段はおまかせします。料理だけ作ります。勝つ料理を」

「頼むね」

そう言うと、二人は立ち上がった。

「料理は美味しかったでありんすよ」

志乃のめはほめてくれると、ゆらゆらと店から出て行った。

「ところでどんな料理にするんだい」

神楽が言う。

「串にします。簪の印象で」

花凜が言うと、神楽はぽんと手を叩いた。

「ああ。頭にいっぱい挿さってるね、たくさん」

「十六本挿さってますから。料理も十六串でいきます」

「簪だけなのかい。紅《べに》とか、そういうものは盛らないのかい」

「紅。そうですね」

皿を顔に見立てるなら、たしかに紅もいるだろう。

「皿をどうしましょう」

だとすると、皿もなんでもいいわけではない。その他にもいろいろ準備が必要な気がしてきた。

「料理作るのって大変ですね」

ため息をつく。

「いまさらなにを言ってるんだい」

神楽が笑った。

「美味しいものを作ればいいと思っていました。働いているときはそうでしたから」

「それは雇われだからね。料理しか考えなくていいだろうよ。でも自分の店を持つっていうのはまるで違うからね」

「そう考えると、うちの店が流行《はや》らないのも当然でしたね」

「そうだよ」

神楽が当たり前のように言った。

「そう思ってたのですか？」

「思ってたよ」

神楽が得意そうに言った。

「どうして言ってくれなかったのです？」

「聞こえないから」

きっぱりと言われた。

そう言われると、花凜も返す言葉がない。もし神楽にたしなめられていても、耳を傾けたかどうかはわからない。

自分が受け入れる気持ちになっていないときの言葉はたしかに意味がない。

「わたしって自分が思うよりも駄目な人間なんでしょうか」

「そうだね。かなり駄目だ」

神楽がはっきり言う。顔を見ると大真面目だ。からかっている様子もない。

「これからうまくいくんでしょうか……ね」

「そのためにここにいるんだろ？」

「うまくいくかどうか自分で決められるわけでもないでしょう」

「いや、自分で決めるんだ」

神楽は今度は妙に静かな声で言った。

「もちろん自分で決められないこともある。けどね、自分の運命は半分以上は自分で決めるものなんだよ」

神楽の声には説得力があった。

料理屋をやりたい。小さなのぞみのはずなのだが、と花凜は思う。どうして大ごとな雰囲気になっているのだろう。

少し落ち着こう。とにかく気楽に勝負に勝って店をやる。気楽に、が大切だ。料理以外の余計なものを背負ってはいけない。

「こまかいことはなし。美味しいものを作る。そして勝つ。それでいいですね」

「もちろん」

「それで相手が勝負をするひとだとして、どんな手を使ってくるのでしょうか。手のうちを教えてもらえると助かります」

「相手が先に料理を作った場合は、満腹と、麻痺《まひ》さ」

「満腹と麻痺？」

どういうことか、と訊こうとしてとまる。安易に訊いてしまってはいけない。まずは自分で考えるべきだ。

神楽は物知りだからつい訊いてしまう。しかしそれでは自分の成長が止まってしまうような気がした。

満腹。これは簡単だ。満腹になったら料理はもう食べたくない。油っこくて、甘くて、濃い料理を作るにちがいない。

麻痺というと、辛いものだろう。つまり、相手は辛い料理と、濃くて甘い料理を出してくるということだ。

ということは、まず相手の食欲を目覚めさせて、舌の感覚を回復させる。そのうえであっさりとした料理で勝負をするというのがいいだろう。

相手の料理を前菜にしてしまえば勝てる。ただし、見た目は華美にすることだ。

「わかりました」

花凜は自信を持って答えた。

「お。できたんだね」

「ええ。きっと勝てると思います」

「一応聞いておくけど、勝負の肝《きも》はなんだい」

神楽に訊かれて、花凜は心からの笑顔を向けた。

「蜜柑《みかん》ですよ」

そして。

勝負の日がきた。

しゃらん、と金棒《かなぼう》の音がした。

花凜の少し先のほうを、金棒を持った男がふたり歩いている。その後ろに若衆が六人歩いていた。

そして長柄の日傘が花凜にさしかけられている。

本来なら花凜の後ろには番新《ばんしん》（番頭新造）とよばれる女中がつくが、今日はその役を志乃のめと胡蝶が務めている。

その後ろに振袖新造が四人。禿も四人。さらに後ろに女中が六人いた。神楽はこの中に交ざって歩いている。

いわゆる花魁道中である。

茶屋の主人たちも全員外で出迎えてくれる。

見たことはあるが自分が歩くことになるとは思わなかった。堂島《どうじま》という一尺《しゃく》を超える高さの下駄を履《は》いて、隣の若衆の肩につかまって歩く。

こうやって歩けるようになるにはかなりの修業がいる。ただし習得してしまえば歩き方を忘れることもない。

しきたり通り、通りの左側を歩く。

「こんな派手な恰好でいいんですか」

花凜は小声で呟いた。花魁道中の間は花魁は口をひらいてはいけない。が、訊かずにはいられなかった。

花凜は黒い打ち掛けを着ていた。紅竜《こうりゅう》や雲竜《うんりゅう》、とにかく着物は竜だらけである。

「縁起ものでありんすよ」

小声で志乃のめが答えた。

志乃のめのほうは、赤い打ち掛けに金や銀で朱雀《すざく》や鳳凰《ほうおう》をあしらって鳥だらけである。胡蝶は青い打ち掛けにやはり金や銀でさまざまな蝶を飛ばしていた。

本来なら花魁道中に花魁はひとりのところを、三人で歩いているのだ。見物客もいやがうえにも多い。

負けたら人生が終わるな、となんとなく思った。

仲の町につくと、通りの真ん中に会場が作られていた。仲の町は、にわか芝居をはじめとしてさまざまな催しをできるようになっている。

　今回も路上に特別に茶屋が作ってあった。

　そのまわりを、見物客が囲んでいる。男も女も山のように集まっている。そして客のまわりを飴《あめ》売りや麦湯売りが回っていた。

　手ぶらでは見物できない。一個三十文もする飴や、一杯二十文もする麦湯を買って見物するのである。

　道中を終えて駒下駄に履き替える。相手の料理人はふてぶてしい顔をして煙管《キセル》を吸いながら待っていた。

「おう。せいぜい楽しませてくんな」

　歳のころは五十近いだろうか。相方に三十歳くらいの男がいる。ずいぶん顔立ちが似ているから親子だろう。

「綺麗な手をしてるねえ」

　男が花凜を馬鹿にしたように言った。

　男の手は傷だらけだ。料理人は修業のときに手の甲を包丁の背で叩かれる。そのせいで傷だらけなことが多い。

　花凜は、師匠が女だったせいもあってそういう経験はない。

「汚い手でありんすね。料理もよごれそうでありんす」

廓言葉で嫌味をかえした。

料理ではなくて言葉で戦おうという根性が気に入らない。「げびぞう」というのがぴったりの男だった。

男のそばに、今回の勝負の相手、小紫花魁がいた。少々というかかなり不機嫌な表情で男を見ていた。

男の品のなさが小紫の評判にもつながるのだから当然だろう。

どうやら小紫のいる妓楼の楼主らしき男がしきっているようだ。

「双方一皿ずつ料理を作って勝負します。勝敗は本人たち同士で決めてください」

無茶な言い分だ。それだけ絶対的な自信があるのだろう。

「どちらが先に料理を作るかは双六《すごろく》で」

双六か、と花凜は思う。双方が同時にサイコロを振るから双六。そこから始まる博《ば》打《く》《ち》も双六という。幕府としては禁止しているが人気は高い。

子供がやる絵双六とは関係のない代物である。

サイコロを渡されて、振る。花凜は五。相手は六だった。

「では作らせてもらいます」

男が観客に手を振った。

「柳橋中村《なかむら》の板前、彦三《ひこぞう》でございます」

花凜のときとは違って明るい声である。

花凜のことはちょろい相手と思っているに違いない。

たしかに、吉原の料理人となると、腕のほうはいまひとつという印象はあるだろう。飾り立てるのはうまいが味はどうかと思われている。

そこに花魁の恰好の花凜である。馬鹿にしたくなる気持ちもわかる。

客として、振袖新造たちが集まっていた。どちらの花魁の部屋でもない、関係のない新造たちだった。

彦三は、手早く料理をはじめた。鰻である。

脂《あぶら》が乗って、味も濃い。満腹感もある。勝負にはぴったりだ。

塩焼き、味噌焼き、たれ焼きと三種類用意してある。飯と酒もある。塩焼きのほうには七色唐辛子。味噌焼きとたれ焼きには山椒がたっぷりとかかっている。

振袖新造たちが集まって鰻を食べはじめた。これはなかなか花凜には不利である。

振袖新造たちは普段たいてい客の残り物を食べている。

冷えて固くなったものばかりだから、温かい鰻は体にしみるだろう。あっという間にたいらげていく。

次に花凜の料理がある、などとは考えてくれない。

小紫は、塩焼きだけ口にしていた。

胡蝶と志乃のめも口をつける。

「これは美味しいでありんすね」

志乃のめが思わず声を出した。

「お嬢さんもぜひどうぞ」

彦三が花凜に言った。自信たっぷりである。ここは食べておこうと素直に思った。

勝負もあるが、勉強にもなりそうだ。

彦三の料理が美味しければ店でも使えそうだ。

塩焼きの鰻をひと口食べる。

「美味しい」

花魁からすると味が強すぎるのかもしれない。

新造たちがあっという間に満足していくのがわかる。どう考えても花凜の料理を邪魔するために考えられたものだ。

彦三がにやにやと花凜を見た。どうだという表情である。

目の前の鰻がすっかりなくなった。

遊女たちが満足したのが見てとれた。

「みなさん、俺の料理で満足したようですよ」

彦三が勝ち誇ったように言った。

「卑怯《ひきょう》でありんす」

志乃のめが悔しそうに言う。

「どこも卑怯じゃないですよ。先に料理を作る立場になればあんたらもやったでしょ」

彦三が当然のように言う。

「そんなことはしないですけどね」

花凜はそう言うと、自分の料理を作り始めた。

相手の料理は脂の旨味である。もちろん美味しいには違いないがそれだけ食べていると単調だし、飽《あ》きる。

美味しいという気持ちが強いには違いないが、舌の記憶が薄れるのは案外早い。

「まずはこれをどうぞ」

花凜は蜜柑の汁をしぼったものを新造たちに渡した。

「これは美味しいでありんすね」

「酸っぱいでありんす」

みかんの収穫時期はもう少し先である。この時期のみかんはまだ甘くなっていない。しかし料理としては甘くないというのは貴重なので、少量だが入ってはくる。果汁をしぼって飲むとさっぱりして食欲がもどってくる。相手が甘い味つけできたときのために用意したのである。なかなか売っていないのだが、花凜にはつてがあった。

「ではこれを」

花凜が盛り付けた大皿を出す。皿の上には大小十六本の串が並んでいて、花魁の顔を表していた。

皿の真ん中にはかまぼこと出し巻き卵が置いてある。そして梅干しと瓜《うり》の漬物があった。口の中が脂でくどくなっているところだから、漬物はありがたいだろう。

そして同時に、ぱりっと焼いた油揚げを細く切っておいた。たっぷりの大根おろしをそえてある。

「油揚げ？」

相手方の花魁の小紫が不思議そうな顔をした。

そして、串に刺さったもの全部に海苔が巻いてあるのを見て納得した顔をする。

「玉菊灯籠でありんすからね」

どうやら揚巻の意味に気がついたらしい。

串の方にも手を出した。

「美味しいでありんす」

小紫が言った。

「ありがとうございます」

「魚なのはわかるけど、食べたことのない味でありんすね」

小紫が首をかしげた。

その言葉に、新造たちの手がいっせいにのびる。

「美味しい！」

廓言葉も忘れて叫ぶ。

「たくさんあるからどうぞ」

追加を皿の上にのせると、花凜は彦三に声をかけた。

彦三が渋い顔をして食べる。それから驚いた顔になった。

「美味いな」

「でしょう？」

花凜は自信を持って言った。

「こいつはなかなか驚きだ。料理茶屋にはこんな考え方はない」

「ないんですか？　かまぼこですよ？」

花凜は逆に訊ねた。

花凜が作ったのは、魚のすり身の適当焼きである。平目やスズキ、鯛にタコを大きなすり鉢で一緒にする。

それからそれを伸ばして串に刺して焼いたものだ。一種のかまぼこである。だから珍しいものではない。

「うん。珍しくはない。ただ、料理茶屋というのは、これは江戸前の平目、みたいに自慢したいからな。それにこれは魚の練りものに山椒をまぜたり唐辛子をまぜていて面白い。海苔と一緒に炙《あぶ》ったのもいいな」

彦三はなんの屈託もなく花凜をほめた。

「これは俺の負けだな。いいものを食べた」

「え、それでいいんですか？」

「なんだ、それは」

「もう少し見苦しくあがくかと思ってました。悪役らしく」

正直なところを言うと、彦三は笑いだした。

「おいおい、余興の勝負だぜ。悪も善もあるかよ」

それから小紫のほうを見る。

「あんたと相手でなにかの因縁があるのかい」

小紫は顔を赤くすると、胡蝶に頭を下げた。

「わっちの不心得でありんした。いかようにもどうぞ」

「気にすることはないざんす。楽しかったざんすよ」

胡蝶があでやかな笑みを浮かべた。

傍目《はため》には、争いがあったなどとはわからない。花魁の余興に決着がついたとしか見えないだろう。

昼間に客にわかるかたちでもめることなどはしない。

それに胡蝶としてはすっきりと勝った段階で、もとはとったようなものだ。

「面白かったね。なにかご祝儀を出すよ。なんでも言ってくれ」

小紫についている客が、心から楽しそうに笑った。そちらからすれば全部余興というところだ。どちらが勝っても楽しめるだろう。

「それなら向島《むこうじま》に行きたいざんす」

胡蝶が言う。

「おう、楽しそうだな。わたしは小紫に義理だてがあるから同行はできないが、金は出そうじゃないか」

すごく太っ腹な客だ。花凜は感心した。

花魁は吉原の外に出られないと思われているが、それは嘘である。ただしものすごくお金がかかるので滅多には起こらない出来事なのである。

外出したいと思った花魁は、自分のお金で見世を一軒借り切る。そして番頭新造をはじめ見世の人間を引きつれてでかけるのである。

よほど羽振りのいい花魁しかやらないことであった。

だからすぐに応じるこの客はすごいといえる。

客の間から手拍子が起こった。

太っ腹な客は大好きだからだ。

花凜としても、うまくおさまったという感じでほっとする。

「帰りもあるでありんすよ」

耳元で志乃のめが囁いた。

花魁道中は帰りもある。仲の町から妓楼まで、もう一度同じように帰らなければばいけないのだ。ころばないようにはらはらしながら、なんとかたどり着いた。

駒下駄にはきかえてほっとする。あとは服を着替えれば大丈夫。

「なんだかもったいないでありんすねえ」

志乃のめが名残《なごり》惜しそうに花凜の服をなでた。

「おしくありません」

「また着てみたいと思うでありんしょう」

「思いません」

妓楼に入って、単衣《ひとえ》に着替えるとほっとした。

「これで少しは客が増えると思うと嬉しいですね」

「役にたてでうれしいでありんす」

志乃のめが言う。

「目だったには違いないだろう」

胡蝶も言った。

そうして。

花凜は意気揚々と店に戻ったのであった。

しかし。

「なんだか誰も来ないね」

神楽がため息をついた。

「おかしいです」

花凛もため息をつく。

いくらなんでもこんなに来ないのはおかしい。

「なにか客の気に入らないことでもあったのでしょうか」

そう話したとき。

「あれ。引っ越したんじゃなかったのか」

三次が店に入ってきた。

「いらっしゃい。引っ越し？」

「仲の町に花魁料理ってのができててさ。この間の料理出してたから、てっきりこの店が引っ越したのかと思ってたよ」

「いつできたんですか？」

「勝負の日の晩にはできてたよ」

「それだ」

花凜は思わず大声を出した。

「やられたね」

神楽が笑い出す。

さすが吉原だ。儲かると踏んだ誰かが、花凜の店の「ような」店を仲の町に出したのに違いない。

わざわざ揚屋町まで探しにくるよりもそのほうが早い。そもそも普通の客はそちらが本物だと思うだろう。

「料理ができるだけじゃ料理屋はできないってことですね」

花凜がため息をつくと、神楽がまた笑った。

店が楽になるまでには、当分かかりそうだった。

「それまでにわたしが売られなければいいけど」

そう言うと花凜はあらためてため息をついた。

第二話　ありんす料理

夜の間ずっと香っていた金木犀《きんもくせい》が、朝になると少し落ち着いた匂いになってくる。騒いでいた鈴虫も眠りにつく。

そのころになると吉原も眠りの時間だ。

客を大門まで送った遊女たちが妓楼に戻って布団に入る。

揚屋町にある「三日月屋」は、朝の遊女たちが立ち寄れるように早く開く。

といっても常連の何人か以外はなかなかやってきてはくれないのだが。

「繁盛しないですね」

店に戻って神楽に声をかけた。

「来るはずの客をすっかりとられたからね」

神楽が店のあちこちを拭《ふ》きながら頷いた。

「まさか店の方針をまるごと奪われるとは思わなかった」

「商売上手ですよね。あちら」

花凜が言うと、神楽が眉をひそめた。

「ずいぶんと能天気なこと言うじゃないか。本当ならあたしらのものになっていた繁盛を他の店にかっぱらわれてさ」

いかにも不機嫌という様子だ。

「しかたないでしょう。あちらのお店のほうが才覚があったんだから」

どうやら、神楽は仲の町にできた「花魁料理」の店に腹をたてているらしい。花凜が派手に盛り上げたのを、自分の手柄のようにして持っていった店である。

たしかにあこぎなやり口ではあるが、やられたものは仕方がない。花凜としては気になるようなものではなかった。

「あれはうまいことやられましたね」

そう言うと、神楽は花凜の鼻を思いきりつねった。

「なにをするんですか」

鼻をつねる、は意外すぎて驚いた。痛いというよりもびっくりする。

「なにをするもなにもないだろう。本来ならあの一発で借金も返せるし、店だって繁盛する。いいかい。人生ってのは金なんだよ。それを他人に奪われて、のほほんと笑ってるんじゃないよ」

神楽は、花凜のために怒っているようだった。

「もちろん自分にも怒ってるんだよ。本当ならあたしがしっかりしてこの店を繁盛させないといけなかったのに」

それから神楽は不機嫌な顔のまま頭を下げた。

「ごめん。あたしが悪かった」

「そんな。神楽のせいじゃないでしょう」

「あたしのせいだね。花凜の料理のせいじゃないからね」

どうやら自分を責めているらしい。

「神楽のせいでもないでしょう。わたしたちには防げないですよ」

商売に関してはこちらには防げないこともある。自分を責めてもしかたがないように思われる。

「いいかい。自分の手柄を他人にとられて笑っているのはね、いい人なんかじゃない。仕事に対して実がないんだ」

神楽は本当に悔しそうだった。

それにしても、今日は特別機嫌が悪い。

「なにかあったのですか？」

　思わず訊いた。

「ちょっと借金がかさんじゃってね。ひと月でなんとかしないと二人ともせりにかけられちまうね」

「二人とも？　わたしだけじゃないのですか？」

「二人だ」

「どうして」

「あたしも自分を質草に入れてるからに決まってるだろう」

　不機嫌そうなまま、神楽が花凜を睨む。

　いつの間に自分を質草に入れていたのだろう。花凜の知らない間にずいぶんな無理をしているということだ。

　しかし、不謹慎だが嬉しくなる。神楽が自分に入れ込んでくれているのがはっきりとわかるから。

「儲けましょう。大丈夫です」

　花凜は少し元気が出た。

「楽しみましょう、この状況を。借金なんてすぐですよ」

花凜の言葉に神楽も少し機嫌をなおしたようだった。

「なかなかの賭けになってきたねえ」

神楽が楽しそうに言った。

「なんとなく店をやるよりは、ひりひりした感じがあったほうがいいだろう。ひとりでやるわけじゃないしね」

ごく普通の顔になって神楽が言う。

「そうですね。でも神楽に悪い気がします」

「悪いと思うならがんばろう。自分のことだけだと、途中であきらめるかもしれないだろ。他人の人生も巻き込んだほうががんばれる」

それはそうかもしれないが、そのために神楽まで犠牲にはできない。言おうとして考えをあらためる。

それは最初から負けるという気持ちがあるということだ。勝つならどうということはないはずだ。

「そうね。負けたら二人で売られましょう」

絶対にうまくいく。そう思わずに商売をしてどうするのだ。仲の町の店が繁盛しているというなら、こちらも繁盛するはずだ。

そう思うと、花凜は何度めかはわからないが、肚《はら》をくったのだった。

仲の町の店は最近はすっかり繁盛店の仲間入りをしているようだ。さびれている三日月屋とは大きく違う。

「なにかこう、ぱっと盛り上がる出来事でもないでしょうか」

愚痴っていると、三次が入ってきた。

「おはよう」

「あら。早いわね。妓楼にでもあがってたの」

三次はいつももっと遅い時間にやってくる。こんな時間にやってくるということはどこかの店にでもあがりこんでいたのではないかと思えた。

「そんなときがないとは言わないけど、今日は違うよ」

そう言って三次は苦笑した。

「喧嘩にまきこまれたんだ」

「喧嘩？」

「浮気さ」

三次が言う。

「ああ。浮気ね」

花凜は納得した。喧嘩をしない吉原だが、浮気だけは喧嘩になる。といっても花魁同士の喧嘩ではなくて、花魁が二人がかりで客を折檻《せっかん》することなのだが。

「浮気する客も悪いけど、折檻しちまったらもう吉原に来ないからね。なんとか仲裁しないといけないいんだよ」

たしかに、一方的に客を痛めつけたら客はもう吉原には来ないだろう。悪い思い出を残させたくないというのが男たちの考えである。

だからたびたび仲裁に入ることになる。

「大変でしたね」

「だから飯と酒」

「わかりました」

花凜は三次のために飯を用意した。朝の食事だから軽いものである。

だから干物でも鯛やスズキである。

最近花凜は、「矢柄《やがら》」という魚の干物が気に入っていた。矢柄は細長い魚で見た目は悪いが、干物は素晴らしく美味しい。

焼いて出すと、三次はまず魚に手を出した。最初に汁物を飲む三次にしては珍しい。

「うまいな」

三次が、だだだだ、という勢いで飯を食べる。あいかわらず食べているのだか飲んでいるのだかわからない。

どすん、という勢いで三次が飯を食べ終わると、今度は志乃のめが入ってきた。少々青ざめた顔をしている。

「大変でありんす。花凜どん」

「どうしたのですか」

「とられんぼうになってしまったでありんすよ」

とられんぼう、というのは他の花魁に客をとられてしまうことだ。これは花魁にはなかなか防げない。妓楼は数多くあるから、はじめてだ、と言われたらわからない。

しかしとられた方は面子《メンツ》が丸つぶれである。

「手紙を書くんですか？」

花凜が訊くと、志乃のめが困った顔になった。

手紙というのは、とられた側の遊女から「浮気に加担していますよ」という警告の手紙を出すということだ。

そうするととった花魁は客が次に来たときに「とられんぼう」の花魁に知らせてふ

たりでとっちめるのがしきたりだった。

めんどうではあるが、魅力的な花魁ならよくあることだ。それにしても志乃のめがとられる側というのは意外だった。

「さっさと片づけるのがいいですね」

花凜が言うと、志乃のめは首を横に振った。

「もめたくないでありんす」

「相手の花魁とですか？」

「おゆかりさんとでありんす」

「それは面倒ですねえ」

花凜はため息をついた。

花魁の面目を潰すのは基本的にやってはいけない。客をとられた以上の恥はない。だから客にはきちんと仕置きが必要なのだ。

それをとられた側が泣き寝入りというのも難しい。

「どうしてもめたくないんですか」

「仕置きなどすれば、心はもうもどってこないでありんす」

「それはそうですが」

離れた心はもどらない。これは吉原の鉄則である。男は浮気なものだ。いい悪いではなくて離れたら戻らない。だから仕置きをするのである。

仲裁する側も「吉原に来てほしい」のであって、元の遊女のところに戻ってほしいというわけではない。

そのくらい離れた心は戻らないのである。志乃のめがそれを知らないわけはない。

「心をつなぎたいわけでもあるのですか」

「なんとなく真心を感じるのでありんす」

「それはない」

神楽が横からきっぱりと言った。

「真心があるなら浮気しない」

それはそうだろう、と花凜も思う。相手の女が少々思い通りにならないからと言って他の女に走ってしまう男に真心などはない。

「騙《だま》されてるような気がしますよ」

「そうかもしれないけど、心が惹《ひ》かれるでありんすよ」

それから志乃のめは花凜の目をまっすぐに見つめた。

「心を取り戻す料理を作ってほしいでありんす」

「それはいくらなんでも無理じゃないですか。料理はどこまでいっても料理です」

「そんな夢のないことを言ってはいけないでありんす。花凜どんは花魁に幸せを届けたくて料理屋をやっているんでありんしょう。今届けなくていつ届けるんでありんすか」

それは花凜の側の言葉で、志乃のめの言う言葉ではないような気がする。

そうは言ってもそう言われてしまえば、確かに幸せを届けられるのであればそれに越したことはない。

志乃のめには義理もある。

「上手《うま》くいくかどうかは分かりませんよ」

「やってくれるのでありんすね」

「頑張ってはみます」

志乃のめは本当に嬉しそうな表情を見せた。どうやら恋心は持っているらしい。

「それにしても、どういうわけで目移りしたんですか」

「三回ほど放置したら怒ったでありんす」

「それは怒るでしょうね」

花魁は一晩に五人までは客をとる。そして相手をするのはひとりである。残りの四人はふられたということで「廻し」の新造が相手をする。ただし、この「廻し」は話しだけで体の相手はしてくれない。

それでも料金は一緒である。高い料金をはらってふられるのも粋のうち、と言われても納得しない客も多い。

何度もつづくと客が怒ってしまって縁切りということもある。

「どうして放っておいたのですか？」

「わっちの客のなかで一番金払いが悪いでありんす」

なるほど、と花凜は納得する。気持ちとしては好きだが、相手という意味では金払いを優先したということだ。

「それはなかなか難しいですね」

結局は志乃のめが相手をしないことにははじまらない。

「それはうちの店の料理じゃどうしようもないかな」

神楽が腕を組んだ。

「方法はないでしょうか」

「あるけど、最後は志乃のめ花魁が作らないと」

神楽がきっぱりと言う。

確かに最後の最後には自分の手で作った料理が一番だろう。

「何を作ればいいかわからないでありんす。それにきちんとした料理は作れないでありんすよ」

「それは教えます。仕上げだけしてくれればいいですよ」

とはいったものの、花凜のほうもどうすればいいかわからない。

「とりあえずひととなりを教えてください」

相手のことがわからないとどうにもやりようがない。

「あの方はもぐさ屋なのでありんす」

「それなら景気はいいでしょう」

もぐさ屋は文字通りもぐさを扱う。お灸《きゅう》には必需品でもある。だから景気が悪くなることはない。

「お父様が少々お金に厳しいらしいのです」

なるほど、実家には金があるが、自分の自由にはなかなかならないということらしい。

「どうして惜しいのですか」

「手が好きなのです」

志乃のめは恥ずかしそうに言った。

「手ですか？」

「綺麗な手なのでありんす」

どうやらよほど気に入ったらしい。しかし、志乃のめほどの花魁が惚《ほ》れるというのはいったいどのような手なのだろう。

「それにお灸がとてもうまいのでありんす」

どうやら、お灸をされているうちに好きになったらしい。

「それで、とった方はどう思ってるんですか」

「手紙を出していないからわからないでありんす」

それもそうだ。知らないのならとったという気持ちはないだろう。もし心が離れているなら志乃のめの手紙はうけとらないかもしれない。

「いずれにしても手紙は出さないといけないでしょう」

花凜が言う。

「どう書いていいかわからないでありんす」

「そこは慣れてるでしょう」

「こういう気持ちには慣れてないでありんすよ」

志乃のめは困った顔をした。

花魁はなかなか恋はしない。売れっ子であればなおさらだ。恋という演出はするが、あくまで仕事だからだ。

それが珍しく恋をしたから、どうしていいかわからないということか。だとしても、どういう料理を作ればいいのかわからない。相手の好き嫌いすらわからないのでは花凜としても手の打ちようがなかった。

「好きな料理とか知らないですよね」

「吉原には鰺《あじ》がないのが寂しいとおっしゃったでありんす」

青魚か、と花凜は思う。それだとどうしても外で食べたほうが美味しいだろう。美味しい鰺を吉原で食べるとなるとなかなか難しい。

「どうして鰺なんでしょうね。鯖《さば》でも鰯《いわし》でもなくて鰺という理由はあるんですか」

聞いてはみるが、たいていは単純に味が好きということでおさまる。

「思い出があるらしいでありんす」

「どんなですか?」

「お母様が作ってくれたものが美味しかったらしいでありんす」

思い出の味は心に響きやすい。しかし、だとすると「これは違う」と言われる可能性もあった。

なんとかしてもとの料理を知らないといけない。

「お店の名前はわかりますか？」

「もぐさ問屋の瀬川屋《せがわや》です。日本橋の十軒店《じっけんだな》にあるそうです」

「わかりました」

少し調べてみるしかない。

「その方のお名前はなんでしょう」

「末一郎《まついちろう》さんです」

「年齢は」

「二十五歳でありんす」

ちょうど花魁遊びが楽しくなる年頃という感じだ。吉原に通うには少々早いが、金があるからできるのだろう。

「そういえば、誰にとられたのですか」

「俵屋《たわらや》のよし野《の》花魁でありんす」

俵屋は、京町にある妓楼で、なかなか羽振りがいい。よし野はその中でも一番人気といってもいい花魁だ。

華やかさという意味では群を抜いていて、関係ない花凜でも知っている。仲の町で涼んでいるだけでまわりを浮世絵師が囲んで絵を描きはじめるというほどの美人である。

「俵屋の看板ですね」

「あちらが本気なら勝てる気がしないでありんす」

志乃のめが目を伏せた。

たしかに、志乃のめは美貌においては劣らないが、印象としてはよし野のほうが派手である。

よし野が男を相手にするかは別問題だが。

「でも、どうやって知ったのでしょう。見世ですか」

「仲の町で見初めたらしいでありんす」

「詳しいですね」

「教えてもらいました」

どうやら、志乃のめの耳になにかを吹き込んだ人間がいるらしい。吉原というのは金になりそうなことはなんでも金にするから、浮気情報を金にした人間がいるのだろう。

「浮気ですか？　通《つう》のおあそびではなくて？」

「それはわからないでありんす」

吉原は、一度目では褥《しとね》には入らない。そのためには三回通わないといけない。だから、二回だけ通っていろんな女との出会いを楽しむという客もいる。

志乃のめの客もそうだという可能性もあった。本人が若いといっても、それが通ですよと教える人間がいることもある。

もしかしたら手代あたりが悪い遊びを教えているのかもしれない。

「いずれにしてもよし野花魁に手紙を書くしかないでしょう」

「そうでありんすね」

志乃のめは頷いた。

「そういえば、食べるのを忘れていたでありんす」

「そうでしたね。とっておきのを準備してあります」

花凜がそう言うと、まだ店にいた三次が目をむいた。

「え、なんだ、そのとっておきというのは。俺にはないのか」

「三次さんは魚のほうが好きかと思ったんです」

「いや、それも食うよ」

三次が勢い込んで言った。

こういうときはなんだか愛嬌がある。

「まだ入るんですか？」

「入るよ」

さきほど飯を三杯食べたあとなのに、余裕らしい。

「では作ります」

「何を作るでありんすか」

「生呉飯《なまごめし》です。神楽。あれを出してください」

「あいよ」

そう言うと、神楽は桶を出した。その中には、昨日からお湯につけてふやかした大豆がたっぷり入っている。

大豆とつけ汁を両方すくいとって大きなすり鉢でする。鍋にとると、炭火の上に置いた。大豆の甘い香りが漂ってくる。

木べらでよくかきまぜる。

あっという間にこげるし、力もいる。ただし、その分の旨味もある。しっかりと温まったら器にとる。

まず飯をよそうと、卵を割り入れる。それから熱い生呉をかけた。

そしてあらかじめ用意しておいた鰹の出汁をかけた。味は醬油で調えてある。本来ならこちらも温めるのだが、吉原ではそれはやりすぎである。

大根を薄く切って塩でもんだものを添えて出した。

「どうぞ」

「美味しそうでありんす」

そう言って志乃のめが一口食べる。そして目を見開いた。

「美味しいでありんすね」

三次も、隣の席で嬉しそうな声をあげた。

「こいつはすげえ。お代わり」

「もう食べたんですか。というか飲んだ？」

飲んだとしか思えない速度で三次がお代わりを言う。

「はいはい」

神楽が笑いながらお代わりをよそった。

それにしても、とったりとられたりを料理で解決できるのだろうか。

「おはようでありんす」

聞いたことのない声がした。新しい客が来たのだろうか。

入口を見ると、ひとりの花魁が立っている。ものすごく派手な顔立ちに派手な衣装である。

「よし野花魁？」

花凛は思わず声をあげた。噂《うわさ》をしていたよし野である。

「はじめまして、でありんす」

よし野は頭を下げた。

「はじめまして」

「本当にすいません」

よし野は志乃のめを見て頭を下げた。

「全然悪意はなかったんです」

「それはとりんぼうのことでありんすか？」

「そうです。全然そんなこと知らなくて」

よし野はごく普通の女の子という感じで、まるで吉原らしくない。ということは禿から育ったわけではないということだ。

「なにか食べますか？」

花凜が声をかける。

「はい。あ。うんと熱くしてもらっていいですか？」

二人が食べているものを見て、よし野が言った。

出汁のほうも温めて、熱々で出す。一口食べて、よし野が嬉しそうな声を出した。

「やばい。美味しいですね」

よし野が嬉しそうに言った。

「ここに来てはじめてちゃんとした食事をした気がします」

「どうして花魁になったの？」

「かっこいいからですよ。玉菊灯籠を見物にきて、夜見世を見て。ああなりたいなって」

確かに花魁は町娘からいうと恰好いいに違いない。その気持ちはわかる。

「わたし、両国で麦湯売ってたんですよ。でも、麦湯売ってたからってなにかいいことがあるわけでもないでしょう？　着物だって古着以外を着ることは一生ないし」

よし野ははきはきと言う。

「それで、花魁になってどうだったの」

花凜は思わずよし野ににじりよった。

「それは楽しいですよ。吉原なりの苦労はもちろんありますけどね。わたし、ひとに見られるのが好きだから。楽しいことが多いです。麦湯売っててもね、なにも楽しくないんですよ。疲れて寝るだけの人生っていやでしょう」

たしかにそうだ。吉原を苦界《くがい》というひともたしかにいるが、吉原の外が苦界でないということもない。

「でもね。料理だけはどうにもならなくて困ってたんです。最近仲の町にいい店ができたんで行ってるんですけど、こっちのほうがいいです」

よし野は楽し気に声をあげて笑った。

「それで、どうしてこの店に来たんですか？」

花凜が聞くと、よし野は真面目な顔になった。

「そう、それなんですよ。わたしがとりんぼうしてるって教えてくれたひとがいて。志乃のめ花魁がここにいるっていうから来たんです」

それからよし野は志乃のめの隣に腰をおろした。

「あこがれの志乃のめ花魁に失礼するなんて。すいません」

「あこがれ？」

志乃のめが目を丸くする。

「そうですよ。禿からきちんと芸を仕込まれて、なんでもできて、美人で。わたしなんて芸がないから芸者をお願いしてるんですよ」

「そうなんでありんすね」

志乃のめは、よし野に少々気圧《けお》されたようだった。

花魁は、三味線も弾ければ唄も歌えるし踊りも踊れる。しかし、中には三味線や唄や踊りが苦手な花魁もいる。

そのために、かわりに芸を見せてくれる芸者を雇うことがあった。ただしそういう花魁は半人前として扱われる。

よし野としてはそこにひけめは感じているようだった。

それなのに人気があるから、ひけめも大きいのだろう。

「とにかくすぐに客はお返ししします」

「待つでありんす」

志乃のめがぴしゃりと言った。

「そういうものではござんせん」

「どういうことでありんすか？」

よし野はびっくりしたようだった。たしかによし野からすると純然たる好意だ。文句を言われるとは思ってもいなかっただろう。

「いいですか。客をとられた可哀《かわい》そうな志乃のめのために、よし野花魁はお客をかえしてあげました、ということをやりたいでありんすか？」

志乃のめの目は怒った色をしている。

「侮辱でありんす」

志乃のめはきっぱりと言った。

そう言われて、よし野の顔が青ざめた。

確かにその通りである。これ以上の侮辱はないといえた。

「そんなつもりではなかったのです」

「わかっているでありんすよ」

そう言うと志乃のめはため息をついた。

「なにもかもわっちが悪いでありんす」

「そんなことはないでしょう」

花凜が言う。

「ひとを好きになって悪いということはなにもないですよ」

それからきっぱりと言った。

「仲直りの料理。お受けさせていただきます」

「神楽。本当にそんな料理あると思いますか？」

夕方になって、花凛はあらためて神楽に聞いた。

「ないね。あるのかもしれないが料理屋にはない」

神楽があっさりと言った。

「そうですよね。どうしましょう」

「といっても、やらないといけないね。明日は朝だけ店をあけて、昼からでかけよう」

「どこに？」

「もぐさ問屋だよ。決まってるだろう。そもそも、相手の男が本当にもぐさ問屋なのかをたしかめないと」

たしかにそうだ。いちいち客の店の調査はしない。金を持っていれば文句はないからだ。もぐさ問屋と名乗っていてじつは盗賊でした、ということもなくはない。

まずは身元をたしかめたうえで手を打つべきだ。

「今日はもう寝てしまおう。客もどうせこないし」

神楽はあっさりしたものである。たしかに客のこない店など開けていても仕方ない。とりあえず休んでしまうことにした。

そして。

翌朝である。

「おはよう」

最初に来たのは胡蝶であった。

「志乃のめがもめてるんだって」

胡蝶が面白そうに言う。

「もう知ってるんですか」

「そりゃね。こういう噂は早いからね」

言いながら胡蝶があがりこんで席につく。

「いい趣味ではないですよ」

「まあ、志乃のめに痛い目にあって欲しい連中も多いからね」

胡蝶が楽しそうに言う。

「胡蝶さんもですか？」

花凛が言うと、胡蝶は首を横に振った。

「わたしは思わないけどね」

どうやら、胡蝶は少し志乃のめを心配しているらしい。

「あのよし野ってのはなかなかやる女だからね」

声の様子に悪意はない。純粋にほめているようだ。

「やるっていうのはどういうことですか？」

「三味線なんかの芸はないけどさ。とにかく話すのがうまいらしいよ。あそこに出入りしている芸者に聞いたよ」

「ということは、芸者さんからの評判もいいんですね」

「いいね。というかあれはひと当たりがいいからね」

「胡蝶さんも話したことあるんですか？」

「仲の町でよく話すよ。わたしと同じような種類の花魁だからね」

「外から来たってことですね」

「そうさ」

胡蝶は深川から売られてきたし、よし野は憧れて入ってきている。吉原で育っていないという意味では話が合うのかもしれない。

「志乃のめさんのことはよし野さんから聞いたんですか？」

「そうだよ」

胡蝶が大きく頷いた。

「心配ですか？」

尋ねると大きく首を横に振った。

「心配なんかはしてないよ。自分で片づけるべきことだからね。わたしはね、他人の心配なんかはしないで生きるんだ」

突き放したようなことを言うが、あきらかに心配している。素直に心配するのは照れるのに違いない。

「でも、とりんぼうの問題って困りますよね」

「よくあることさ」

胡蝶はため息をついた。

「どちらの責任でもないからねえ。客の問題だから」

たしかに。わかっていてとる花魁がいるならともかく、これは誰の「おゆかりさん」だとわかるということはない。

「ところでさ。生呉飯ってのがあるんだって？　よし野から聞いたよ」

「そう言うと思いましたよ。今日もあります。ちゃんと胡蝶さん用に作りますよ」

「嬉しいねえ」

胡蝶は辛いものが好きである。だから料理には生姜と唐辛子をたっぷりと使う。花凜では少々辛すぎるくらいが胡蝶のちょうどよさなのだ。

少々いれすぎたかな、と思うくらいいれて出す。

胡蝶は一口たべると嬉しそうにため息をついた。

「いいね。こういう辛さは他では味わえないよ」

それから、少し考え込んだような顔になる。

「ねえ。もう少し遅いというか、巳の刻くらいにうちの振袖新造を連れてきてもいいかな」

「いいですよ。どうしたんですか」

「少しましなものを食べさせてやりたいからね」

それはわかる。振袖新造は客の残り物か、店のまかないで生活する。花魁になれば贅沢もできるが、振袖新造はまだお金もない。

着るものは花魁が面倒を見てくれるが、食べ物までは気にかけないのが普通だ。

胡蝶としては気になるらしい。

「いいですよ。どういうのがいいですか」

「なんでもいいよ。わたしは来ないから、食べさせてあげて」

「来ないんですか？」

「花魁と一緒じゃ気が休まらないだろうからね。勘定はわたしに」

「わかりました。どのような方が来られるのですか」

「梅里《うめさと》と椿《つばき》というのが来るからよろしく頼む」

胡蝶が目をかけているふたりなのだろう。なにを作るか、考えるのが楽しみである。

「少し振袖新造が増えるといいね」

胡蝶が店を見回す。

「誰でもいいですが、お客が増えて欲しいですね」

「味じゃない工夫がもう少し必要だね」

「どんな工夫があるんでしょうね」

「あんた禿だったんだろう？　吉原のことはわかってるんじゃないのかい」

胡蝶が少しあきれたような声を出した。

「料理に目がいきすぎだろうよ。商売なんだからさ」

たしかに、と花凜は思う。少々成長がなさすぎだ。ぽつぽつと常連も増えてはきたが、繁盛にはほど遠い。

努力というよりも考えが足りないというのがただしい。どうして繁盛しないのか胡蝶には思うところがあるのだろう。

花凜の店には、巳の刻にはあまり客は来ない。しかし吉原という町の性質からすると、巳の刻こそが稼ぎ時なはずだ。

「無意識に客を選んでるからね、花凜は」

神楽が遠慮なく言う。

「選んでますか？」

「ええ。花魁以外は客じゃないって感じだ」

神楽が言うのであれば本当だろう。何が問題って、花凜には全く自覚ができないところだ。つまり直しようもない。

「それって直らないですよね」

「直るのかもしれないけど、少し考えを改めれば直るというものではないさ。意識の根っこの問題だからね」

「どうすればいいと思いますか」

「客を区別しない料理を作るしかないね」

全くの謎かけで、解ける気がしない。

とはいっても、きっかけはあるのだろう。神楽の態度からすると、神楽も経験してきた道なのではないかと思う。

「全然努力できませんが祈ってみます」

「祈るって大切さ。頑張って祈ろう」

むむ、と思っていると、胡蝶が笑いだした。

「どちらが店主かわからないね」

「すいません」

思わず謝る。

「いいんじゃないかい。花凜のほうが料理人向きだってことだろうよ。あ、呼び捨てにしちまった。すまないね」

「いえ。花凜と呼んでください。そのほうが気楽です」

「ありがとう。じゃあ花凜って呼ぶね」

「はい」

胡蝶は、ちらりと神楽のほうに目を向けると口を開いた。

「花凜は花魁が好きだよね」

「はい」

「それがわかるからさ、みんな居心地悪いんじゃないかな」

居心地が悪い、というのは考えてもみなかった。花凜としてはみんなにとって居心地のいい店を作っているつもりだった。

しかし、神楽にも胡蝶にも、案外居心地の悪い店に見えているということだ。いままで言わなかったのは機会がなかったということだろう。

みんな、というのは恐らく「花魁以外のみんな」に違いない。花凜の態度が無意識に店からはじいているのだろう。

「他人の力になる料理と言いつつ、自分の問題も解決できてないんですね」

思わずため息をついた。

「おいおい。自分の問題を全部解決できてるなんてそれは仏様だろう。生きてるだけで問題なんて毎日わいてくるさ」

「それはそうですね」

「他人に手を貸すのは自分に手を貸すようなものさ。自分を応援するような気持ちになるから他人も応援するんだろ」

胡蝶が当たり前のように言った。

い。

「勉強します」

志乃のめとよし野に手を貸すことが自分のためにもなるなら、それ以上のことはな

「おはようでありんす」

志乃のめが入ってきた。

「あら。胡蝶花魁。おはようでありんす。あ、あれを食べているでありんすね」

それからちらりと花凜を見る。

「でも、続くのは面白くないでありんす」

「そうですよね」

答えてからはっとなる。

最初から献立として示しているのではなくて客にあわせて出す。これはいいように見えて、自分よりもあとから来た客のほうが優遇されているように見えるということだ。

客が来ないからなんとなくやっていたが、客の側に選ぶ権利がないといけない。線をきちんとひけていないということである。花魁同士ならともかく、三次などは気分を害したかもしれない。

「いま作りますね」

手早く用意する。

準備したのは赤エイである。江戸前の夏といえばエイは代表的な魚である。大きなものは一畳もある魚だ。

もっともみんな生きたものが欲しいから、市場にやってくるのは二尺に満たないものが多い。

大きなエイは安いから、加工して食べるにはちょうどいい。生きたものはもちろん刺身で食べる。

花凛は釣れたてのをすり身にして、その場で団子状にして蒸したものを取り寄せている。

刺身よりも持つし、鍋にしても、改めて蒸しても焼いても煮てもいい。いい出汁が出るから味噌汁にもいい。

朝釣れたものがその朝には届くのだが、どうしても花魁が来る一番には当日の魚はまにあわない。干物にしておくか蒸しておくかが必要なのだ。

お湯を沸かすと、細切りにした生姜をいれる。そして、スルメとエイをいれて煮込む。スルメは煮るとイカにもどる。

そうしたらもう食べごろである。生呉から作った豆の汁を注いで、醬油で味をつければできあがりだ。

「これは濃厚で美味しいでありんすねえ」

志乃のめが嬉しそうに言う。

胡蝶がちらりと視線をよこす。

「ひいきではありません。胡蝶花魁が生呉を食べたいとおっしゃったでしょう」

花凜はすまして言った。

「ま、そうだね」

胡蝶は立ちあがった。

「寝る。うちの新造を頼むね」

そう言って胡蝶は出ていった。

「新造ってなんでありんすか？」

「胡蝶さんのところの新造さんにここで食事をさせて欲しいと言われたのです。巳の刻に来るそうです」

「それはいい考えでありんすね」

志乃のめは、食べながら頷いた。

「うちの新造もお願いするでありんす。そうですね、二人ほど」

「ありがとうございます」

とりあえず四人客がくれば上出来だ。

「そうして、あちらもお願いでありんす」

「がんばります」

志乃のめは満足したらしく、食べ終わると帰っていった。

「振袖新造が客になってくれると嬉しいですね」

「客ではないから、そこは気にしないほうがいいね」

神楽が言った。

「お客さんではないのですか？」

「客は胡蝶花魁や志乃のめ花魁だからね。そのおこぼれに与《あずか》ってやってくる新造は客じゃあない。でも、吉原雀《すずめ》の噂を聞くのは悪くないでしょ。読本《よみほん》のようなもんだね」

たしかに自分で払うわけではないし、腹もすかせている。味を評価してくれるうえでは役にはたたないだろう。

「それに客は増やしてくれるさ」

神楽が自信ありげにこたえる。それはそうだろう。昼間から新造と同じ店で食事できるならかなり得な気持ちになれる。

　これは花魁からの贈り物といえるだろう。

「下ごしらえはしておかないとです」

「少し味つけを濃くしたほうがいいよ。相手は若いしね」

「たしかにそうね。じゃあマグロがいいですね」

「それなら焼こう」

　そう決めて、魚屋に行くことにした。

「マグロ。安いの」

　魚屋の鯛三に声をかける。

「いきなり来て、安いの、はないだろう」

　鯛三が吹き出した。

「安いのが欲しいのよ」

　花凜は重ねて言った。

「まあ、飯屋だものな。安く仕入れないとな。マグロはいいね。一番安いからな。その中でも一番安くて捨てるところでいいかい」

「美味しいの？」

「美味しいよ。もたないから捨てるだけだ。でも品の悪い味だよ。下品に美味いから俺は好きだけど」

「おいくら」

「これいくらだろう。まあ。一升の桶で四十八文くらいかな」

「蕎麦の値段みたいね」

「捨てるところだからね。その中でもいいところを渡すよ」

鯛三は奥から不思議なものをもってきた。マグロの身が潰れている。

「これはなんなんですか？」

「マグロの背骨の脇の肉でね。かきとって飯の上にのせて醬油をかけるとうまい。早い時間なら味噌とまぜて大葉に包むといけるよ」

「ありがとう」

「こっちはマグロの脂の部分。桃色でぴかぴか光ってるだろう。これは脂が強すぎてこのまま食べると厳しいよ」

鯛三が、桃色をしたマグロの身を持ってくる。

「食べかたがあるんですか」

「こいつはね、茄子といっしょに醬油で煮るとものすごく美味いんだ」

鯛三は自分も食べたい、という顔をしている。

「顔がマグロだよ、鯛三さん」

神楽が笑いながら言った。

「いけねえ。顔に出ちまったか」

鯛三が照れた顔をする。

こういう顔をするということはほんとうに美味しいのだろう。

「ありがとう。もらいますね」

「気に入ったらまた買ってくれよ」

「はい」

鯛三から買ったマグロはかなり期待できそうだった。いい食材が手に入るとそれだけで心がわくわくする。

作ってみたい、と素直に思った。

「よかったね」

神楽が声をかけてくる。

「ええ。楽しみです」

店に戻って仕込みをすると。すぐに巳の刻になる。

「若湯ができましたあ」

湯屋の声がする。

ほぼ同時に、新造が二人入ってきた。

「こんにちはざんす」

「いらっしゃいませ」

挨拶を返す。

「梅里さんと椿さんでか？」

「そうざんす」

二人が同時に頷く。

梅里のほうが少し年上だろうか。いずれにしても二十歳にはなっていないだろう。

「今日はたっぷり食べていってくださいね」

「たっぷり食べていいざんすね」

二人が目を輝かせた。

振袖新造というのは、遊女ではあるがまだ半人前だ。いまは顔を売ってなじみの客をつけていく段階である。

花魁ほどの自由は与えられていないから、仲の町に出ることも難しい。

結局は自分の店で美貌を主張する以外はなかなかやることがない。

食事も粗末で冷えた飯と漬物か、客の残りというわけだ。

「献立はこちらで決めていいかしら」

「なんでもいいです」

「では作るわね」

「お、今日はついてるね」

薬屋の松吉だった。数少ない常連のひとりである。

「あら。松吉さん」

どうやら梅里も椿も松吉を知っているらしい。たしかに薬屋は生活になくてはならないから知っているのだろう。

「献立は同じでいいかしら」

花凜が聞くと、松吉は頷いた。

「いいね。なんだかわからないけどうまいんだろ」

「それは間違いないですね」

花凜はそう言うと、三人に食事を出した。マグロの背骨からかき取った肉は味噌と混ぜて大葉で包んである。

脂身の方は茄子と一緒に煮込んであった。たっぷりの生姜と醤油で味をつけてある。マグロの脂で茄子の実はキラキラと光っていた。

「ほう。こいつはうまそうだな」

松吉が箸を取る。茄子を口に放り込んだ。

「こんな甘い茄子はめったに食えるもんじゃないの」

梅里と椿も箸を取った。

「美味しいでありんす。これは何ていう食べ物でありんすか」

いくらなんでも背骨からかき取ったとは言い難い。

「マグロのすき身って言うんです」

とっさに適当な名前をつける。

「おささが欲しいでありんす」

言われるままに酒も出す。

その後は三人とも無言で飯を平らげた。

「話すのもすっかり忘れていたざんす」

「何か喋ってくれる予定だったの」

「たいしたことではないざんす。よし野花魁に対しての噂を少し話そうと思っていたざんすよ」

「どんな噂なの」

「よし野花魁はとにかくいい客を持ってるざんすよ。その理由が三味線が弾けないということだからみんなが驚いたざんす」

「三味線が弾けないことが人気に繋《つな》がっているってこと」

それは少し考えにくい。花魁といえばまずは三味線だ。どのくらい上手かで花魁の格が決まると言ってもいい。

「それはあくまで花魁の都合ざんす。客の方から行けば三味線の音よりも仲良く話していたり、肩など抱いている時間が長い方が楽しいざんすよ」

それは考えたことがなかった。吉原というのは色もだが、芸を楽しむ町である。体の方しかいりませんと言う人間がいるとは思わなかった。

「それは何か分かるね」

神楽が言う。

「三味線よりは唇のひとつも吸ってくれた方が男は嬉しいだろうよ」

思わず松吉の方を見た。

「俺は三味線も嫌いじゃないよ」

松吉はあわてて言う。

「三味線と唇はどっちが好きなんですか」

花凜に問われると、松吉は下を向いた。

「唇かもしれないな」

松吉の言葉に、二人は少々気がかりな顔をした。

これは吉原にとってはゆゆしきことである。吉原は百年以上の伝統を誇るが、だんだんと変化はしてきている。

昔のことは花凜にもわからないが、かつて隆盛を極めた「太夫《たゆう》」はもういない。客も大名から商人にかわりつつある。

まだ豪商は残っているが、贅沢や粋はだんだん消えていく様子がある。

三味線も弾けないのに花魁、というような遊女が出てきたのはその象徴ともいえた。

ただ、別の見方をすると、芸者という新たな仕事が台頭してきたということでもある。芸者は色を売らずに芸だけを売る。

酒席において、花魁や新造が客のもてなしに集中して、芸は芸者に任せるというのも新たな風潮ではあった。

花魁の中には、芸を芸者に任せるというのを嫌うものは多い。ただ、よし野のように割り切ってしまう花魁も出て来てはいた。

「お二人はどう思うの。芸者を使うことを」

花凜が聞くと、梅里は少々眉をひそめた。

「わっちはやはり自分で芸を見せるべきだと思うざんす」

それに対して、椿は首を横に振った。

「わっちは芸者さんがやってくれた方が楽だと思うざんす」

考え方はやはり割れるようだ。

「胡蝶花魁はいい姐御《あねご》なの」

つい訊いてしまう。この問いには、二人とも同時に首を縦に振った。

「すごくいいです。いい意味でありんす臭くないし」

「ありんす臭いって何」

「わっちらは二人とも吉原育ちざんすけどね、外から来た人と吉原で育った人はやはり少し感覚が違うんですよ」

梅里が言う。

「吉原育ちは、どうしても少し高飛車になってしまうんです。もちろん先輩の花魁とか、番頭新造の方なんかに高飛車にはなりませんが、例えば下足番とか、そういった方々への態度はぞんざいになりがちなんです」

椿が言う。

それは花凜にもわかる。吉原は女が稼ぐ世界だ。だから男は女に仕えるものという感覚がある。雇い主の楼主であったとしても、表向きは花魁に頭を下げる。

だから、嫌なことがあると店の男衆などに八つ当たりしてしまう新造も珍しいとは言えない。

「でも胡蝶花魁は、自分から見て下に見えるような相手こそきちんと大切にしろと言うんですよ。それがいつか自分を助けるからって」

梅里は、本当に胡蝶を尊敬している様子を見せて、

「わっちらにも目をかけてくれて、こうやって美味しいものも食べさせてくれる。振袖新造なんて自分のための道具だって思ってる花魁も結構いますからね」

それから椿は、松吉の方を見た。

「松吉さんだって結構嫌な思いをしてるざんしょ」

「それは言いっこなしだろう」

松吉はお茶を濁した。吉原で仕事をする立場としては、どんな時でも花魁の悪口に

繋がるようなことは言わないようにしているに違いない。

「志乃のめさんの客がとられたっていうのは何か知ってるの」

それには梅里が激しく反応した。

「あれはなかなか最低ですよ。引手茶屋《ひきてぢやや》の定七《さだしち》が悪いんです」

「引手茶屋？　誰かが手引きをしたっていうことなの」

引手茶屋というのは、遊女と客をあわせる茶屋である。そもそも客は、よほどの通でなければ自分で妓楼に行ったりはしない。

かならず引手茶屋を通す。

吉原にはじめて来た客は、まずは吉原を一周する。そして見世の中の遊女をながめて、この娘にしようと心に決めることになる。

しかし、妓楼の数は多い。一周はとてもできないという客もいるし、そもそも勝手がわからないという客もいる。

そこで「いい娘がいますよ」と教えるのも引手茶屋の仕事だ。うまく客に遊女を紹介できると手数料がもらえる。

そのために、すでになじみがいる遊女の客も新規に紹介することもある。これがもめごとのもというわけだ。

それでも問題にならないのは、吉原だからである。

吉原はたしかに夜の遊びの町だが、みんながみんな女を抱きに来るわけではない。吉原を支えるもうひとつの側面は商談なのである。

いまの幕府は田沼意次《たぬまおきつぐ》という人物が仕切っていて、この人が大の賄賂《わいろ》好きときている。その影響で賄賂を受け渡すのに吉原の茶屋を使うひとが多い。

単純に座敷で三味線を弾くなら毎回花魁を変えても問題はないのである。問題なのは、体の関係まで行く場合だ。

「今回はどうなの。本格の浮気なの」

本格の浮気、というのは実際に体を重ねることだ。客が三回花魁のもとに通って夜を過ごすことである。

二回までならぎりぎり平気である。

それに、酒席にはべるだけなら関係もない。

「どうなんでしょう。いずれにしても、よし野花魁が事情を知った以上は本格の浮気になることはないです」

たしかにそうだ。あとはどうやっておさめるのかというところだろう。

「うまくいくといいざんす」

二人とも本当に心配そうだった。気だてのいい娘たちなのだろう。

「ごちそうさまざんす」

二人は満足したように出ていった。これから昼見世でいい客にめぐりあうのを待つことになるのだろう。

松吉は少し酒を飲みながらまだ店にいる。

なにか言いたげな様子だった。

「なにかご存じのことがあるのですか？」

「うん。末一郎さんのことなんだけどさ」

不意に切り出した。

「お知り合いなんですか？」

「もぐさだからね。薬と関係あるんだよ」

「どう関係するんですか？」

「胃の調子が悪いときはさ、胃薬だけよりも、お灸もすえた方がいいんだ。外じゃばらばらだけどさ。ここじゃ遊女の体をたもつためならなんでもするからね」

つまり、松吉は末一郎からもぐさを仕入れているということだ。

「それなら事情を知ってるんですね」

「ああ。というか吉原に誘ったのは俺なんだよ」

松吉は罪悪感のある顔をしていた。

「あんなにはまるとは思わなかったんだ」

「どうしてはまってしまったの」

花凜はつい訊いた。これはなかなか興味深い。吉原が噂だけだったひとが、どうしてはまるのだろう。

「そもそもさ、吉原の中と外って、美人の度合いが違うんだよ。それにこっちの方が化粧は薄いだろう。素顔美人ていうかさ」

確かにそうだ。吉原は「磨き上げ」という文化がある。素顔を徹底的に磨き上げて、化粧は薄くする。

役者のような厚化粧で美人に見せても失望されてしまうのもある。

「それに目がさ、違うんだよ。俺はもう慣れてるけどな」

たしかに、花魁の視線は客の心を射止めるための独特な動きをする。視線を合わせたような合わせないような、それでいてふと合う、というようなやつだ。

女に慣れていない末一郎がころりといくのはわかった。

「それはわかったけど、どうして浮気したの」

「末一郎さんは志乃のめと結婚したかったんだよ。でもさ、志乃のめは結婚にはなかなか首を縦に振らなくてね。そしたら引手茶屋の定七が、よし野ならいけるかもしれないってそそのかしたんだよ」

「待って」

花凜は思わず松吉の言葉をとめた。

「志乃のめ花魁と結婚したかったんでしょう。どうしてよし野花魁がでてくるの」

「志乃のめというか、花魁と結婚したかったんだよ」

「誰でもよかったの」

「そうだな」

「さすがにそれは不実じゃないですか」

少々かちんとくる。

「でもさ、そういう男はいるんだよ」

松吉が言い訳のように言う。

売れている花魁と結婚した、というのを自慢したいのだろう。でも、中味ではなくて外見だけに惚れているなら信用はできない。

そんな男と仲直りして、本当にいいのだろうか。

そうは言ってもそこは花凜が口を出すところではない。志乃のめが好きだというのであればそれがすべてだろう。

いずれにしても、一度見てみたかった。

「もぐさ屋に行ってこようと思います」

「案内しようか」

松吉が言う。

「神楽と行ってきますよ」

いくらなんでもそれは申し訳ないと思った。それに、行くなら店を閉めていくわけだから神楽と一緒の方が都合がいい。

「何かあったら遠慮なく声をかけてくれよ」

「ありがとうございます」

松吉が出て行くと、花凜は店を閉めて出かけることにした。

吉原は外に出るのは少々面倒である。遊女ではありませんという証明を出してもらわないと外には出られない。

吉原で一番重い罪は遊女の脱走だからだ。大門のところの番所できちんと手続きをする必要があった。

そうは言っても複雑な手続きではない。

花凜は久々に吉原の外に出たのであった。

「日本橋なら船だね」

神楽が言う。

大門をくぐるとすぐに編笠茶屋がある。昔は身分の高い人は吉原に通うのに編笠で顔を隠した。それを貸し出すための茶屋だったので編笠茶屋と言う。

今では編笠をかぶる習慣はないから、残っているのは名前だけである。

ただし、様々な衣装の貸し出しは行っていた。坊主の姿になったり、町人風の姿になったりと衣装を変えて楽しむという習慣はあったのである。

茶屋を抜けてしばらく行くと見返り柳がある。ここから振り返って吉原を眺めて余韻を楽しむという訳だ。

そのまま衣紋《えもん》坂を進んで行くと、船宿が並んでいる。ここから柳橋に船を出すことができた。

女将《おかみ》に頼んで船を出してもらう。さして時間もかからず柳橋に着いた。

「なんだかお腹が減ったわね」

神楽がぼやいた。

「何か食べましょう。自分の店で出すときの参考にもなるでしょう」

「そうだね。どうせなら両国《りょうごく》に行こう」

柳橋から両国広小路《ひろこうじ》までは目と鼻の先である。去年から両国は相撲《すもう》の興行が始まったのもあって人がますます増えている。

そのうえいまは夏なので、夕涼み目当ての客も昼からぶらぶらしている。

「あとで夕涼みしていこうか」

神楽に言われてうなずいた。

両国の夏といえば夕涼みである。両国は、品川《しながわ》のほうから吹いてくる海風で涼しいのもあって、避暑地としても栄えている。

夕方には船も出て、酒を飲みながら涼むひとであふれることになる。

「とりあえず蕎麦でも食べようよ」

神楽は花凜よりずっと両国に詳しい。店はまかせることにした。

「吉原と違ってなに食べても安いからね、両国は」

神楽はそう言うと一軒の屋台に立ち寄った。両国は火除《ひよ》け地だから、店をたてることはできない。すべてが屋台である。

それだけに安い。どんな食べ物も四文である。そのかわり量も四文で食べられる量である。

しかし、たくさんの種類を食べたいときなどにはちょうどいい。

神楽が立ち寄ったのは「一口蕎麦」という店だった。

「何口食べる？」

神楽に言われて、理解した。四文分の蕎麦が「一口」で、あとは何口食べるのかを自分で決めるというわけだ。

この「一口」というのは花凜の店でもかなりよさそうだ。客の大半は女ということになるのだし、男でも、「五口」と言ってくれたりすれば多くできる。

「とりあえず一口」

頼むと、蕎麦につゆをかけたものが椀ででてきた。つるりと一口で飲めるような大きさである。つゆはわりと薄味で、少し物足りない。何口か食べるとちょうどよくなるような味つけに思えた。

「このままはしごしよう」

神楽に言われるままに二軒目に行く。

二軒目はおでん屋だった。

「夏は腹が冷えるから。ここは体を温めるおでん屋なのさ」

神楽が店に入った。入ったというか、屋台のまわりに散らばっている樽《たる》のようなものに腰をかけた。

「おでんと飯。胡椒はたっぷりね」

注文する。

「胡椒?」

花凜は思わず訊ねた。もちろん花凜も胡椒は好きだ。だが、おでんにたっぷりというのは不思議な気持ちがした。

すぐにおでんが出てきた。茄子と、西瓜《すいか》の皮、大根、豆腐である。辛子と酢味噌が小皿にいれて添えてあった。

「これも」

そう言うと、店主が飯を出してきた。胡椒がたっぷりかかっている。

透き通るように煮えた西瓜の皮はさくさくして美味しい。酢味噌の味がぴったりくる。そこに胡椒のかかった飯はなんともいえず涼味があった。

「これは店でも出したいな」

思わず呟く。

「姐《ねえ》さん、料理屋かなにかやってるのかい」

店主が声をかけてきた。

「はい。そうなんです」

花凜は素直に答えた。

「じゃあさ、俺から一言だけ言っておくぜ」

店主は笑顔になった。

「間違っても自分なんて探すなよ」

「はい？」

一瞬どう受け取っていいのかわからずに聞き返した。それから自分の顔を両手でなでた。

「自分を探してるように見えましたか？」

「ああ、見えたね」

店主は大きく頷いた。毎日数多くの客の顔を見ていると、色々とわかる言葉があるらしい。なんとか数人の常連を捕まえた花凜とはまったく場数が違う。

「自分を探さないってどういうことなんですか」

花凜に聞き返されて、店主は少し考えた。

「そうだな。店を持ってみたのはいいけど、これは一体どんな店にしたらいいんだ、って思った時に、自分はそもそも何で料理をしてるんだ、って思いがちなんだよ」

たしかにそうだ。まさに花凜もそう思っている。料理屋をはじめてみたものの、最初考えていたような感じではない。

うまくいってるんだかいってないんだか、という気がする。

今回なんとなく外に出たのも、解決策が欲しいというのも多分ある。多分、というのは自分の心がよくわからないからだ。

「どうすれば自分を探さなくてすむんですか」

つい訊いた。これは他人に訊いてはいけないことだと思うが、なんとなく気になる。

「自分で考えるっていいことでもあるんだけどさ。自分の目線より上のことはわからないしさ。それに考えても大根は美味くならないんだ。大根を美味くするのは味つけだからね」

そう言うと店主は笑った。

考えても大根は美味くならない。

まったくその通りだ。

客は美味しいものを食べたくてやってきて、食べる、味が気に入ればまた来る。花凜がなにを考えているかなんて関係がないのだ。

花凜は少し自分の思いを押し付けすぎているのだろう。

「客ではなくて大根の顔を見ろってことですか」

花凜が言うと、店主が頷く。

「筋がいいね。その通りだ」

それが筋がいいのかはともかく、少しわかったことがあった。

「ありがとうございます」

礼を言う。

「じゃあ。末一郎さんを見に行こうか」

寄席《よせ》でも見るような様子で神楽が言った。

「そうですね」

花凜は少し軽くなった心でもぐさ屋に出向いたのだった。

「大福買うから待って」

神楽が言った。

「なぜ?」

「必要だからね」

大福を買うと、店に向かう。

といっても、店に末一郎がいるのかもわからない。

外で掃除をしている十歳くらいの男の子を捕まえると、神楽は素早く大福を渡した。男の子があっという間に口に放り込む。

「何か聞きたいことでもあるのかい」

ませた口調で聞いてくる。

「末一郎さんのことを聞きたいの」

花凜が言うと、少年は露骨に嫌そうな顔した。

「また女のことで揉《も》めたんだね、若旦那は」

「そんなに揉めてるの」

「しょっちゅうだね。あれは何か前世で悪いことをしたんじゃないかな」

少年がしたり顔で言った。

「どんなふうに揉めてるの」

「うちの若旦那って、とにかくモテないんですよ。それで店の名前とか金とかをひけらかしてなんとかもっていこうとするんですけどね。ちょっとしたら振られちゃって。それだけならいいけど、俺のどこが悪いんだって聞きにいっちゃうんですよ。それで、もうつきまとうなって文句が来るんです」

「あなたから見てどうなの。そんなにモテないの」

「男から見ると別に悪くないんですけどね。頼りがいっていうか、自分で何かを決めるのが苦手なんですよ。だからなんとなく一度に何人もに声をかけて揉めるんです」

それか、と花凜は思う。

今回の揉め事もそんなようなものだろう。

「遊び人って感じなのかしら」

「まさか。女を弄《もてあそ》ぶようならいっそ問題はないでしょう。あれで真面目に結婚したいと思うから問題なんですよ」

すると、悪い男ではなくて、ダメな男というところだ。

花凜は少しほっとした。

志乃のめが悪い男に騙されているならどうしようと思ったのだ。金を持っているダメ男というのは女側から見ればそんなに悪い男ではない。

くっついた後で手綱《たづな》を締めてしまえばどうということはないからだ。

志乃のめの男の趣味は案外悪かった、ということですみそうだった。

「ありがとう」

お礼を言うと帰ることにした。

「案外楽なことになりそうだね」

神楽もほっとしたような声を出す。

「問題はどうやってみんなに料理を振舞って、そして、どんな料理を出すかですね」

「そもそも、本当にその男とくっつきたいのかね」

神楽は首をかしげた。

「確かにそうですね、手が綺麗とは言っていたけど、それだけで人生をかけてしまうのは少し不思議な気がします」

「どうせならもう少し何かが隠れてくれてると面白いんだけどね」

「変なこと言わないでよ。何もないにこしたことはないでしょ」

「じゃあ、夕涼みをしていこう」

神楽が言った。

「そうね。せっかくの両国ですものね」

夏の時期、六月の頭から八月の中旬過ぎまでは、両国の夜は「夕涼み」の客であふれかえる。

花火も毎日何発かはあがった。

夕方の両国は夏でも涼しい。品川沖からの海風と、川のおかげである。お金がある人たちは船を仕立てて涼む。なくても橋の上や、両国広小路で楽しむ。

それに合わせて両国の屋台も夏向きの料理をいろいろと出した。夜ともなると見たことのない料理も並ぶ。仲の町ではとても食べられたものではないものも出るが、思い出としてはそれもいい。

「どうせなら変なものを食べよう」

神楽が楽し気に言った。

「変なものってなんでしょう」

歩きながら屋台をのぞく。

蕎麦に焼き物。煮物。天ぷら。いろいろとそろっているが変なものはない。

「あ、あれはどうだろう」

神楽が一軒の屋台を指さした。見ると、おやきと書いてある。

「おやきってなんでしょう」

「玉蜀黍《とうもろこし》を粉にして、こねて薄くしたのを焼いたものだよ。食べるかい」

噂には聞くが、食べたことはない。

近くによると、平たい鍋がいくつも並んでいる。そして玉蜀黍粉が焼けていた。平たく焼けた玉蜀黍粉に、具を包んで渡していた。

「どんな具があるんですか」

思わず声をかける。

「人気があるのは梅かな。それから猪《いのしし》だね」

「猪？」

「そう。味噌漬けにしたのを焼いて包むんだ」

猪。これも食べたことはない。

「ではそれをください」

「あたしも」

神楽も猪を頼む。一口、口にいれると、まず味噌の香りがした。それから脂の味がする。マグロの脂とはまるで違う味が。

なんともいえない甘味があった。しかし濃い。肉の味もそうだが、むせそうなほどに濃い。

それを玉蜀黍粉が包み込んでいた。玉蜀黍粉にはあまり味はない。だから肉の味を受け止めるにはちょうどよかった。

「けっこう美味しいですね」

「お酒はあるの？」

神楽が言う。

「あるよ。焼酎がいいね。こいつには」

そう言うと水で割った焼酎をだしてくれた。

肉には酒より焼酎が合うようだ。初めて食べたが、案外癖になる味である。

「猪は無理だけど、このおやきはうちでも出せます。酒にはいいでしょう」

「そうだね」

神楽も頷く。

店を出てそのあと何軒か回ったが、おやきが一番よかった。

「どこで仕入れればいいのでしょう」

花凜にはそこがわからない。

「医者の庭からもらえばいいんだよ。吉原にもいるよ」

「医者？」

「斬り傷を縫うときには玉蜀黍の髭《ひげ》を使うんだよ。だから刃傷沙汰《にんじょうざた》の多いあたりの医者の庭にはたいていあるよ」

それは知らなかった。しかしそれなら簡単に手に入りそうだ。

「じゃあ行きましょう」

すっきりした気分になると、花凜は家路についたのだった。


なにはともあれ吉原に戻る。

花凜としては料理の腹積もりはできていた。

あとはどう演出するかである。

吉原に戻ると、仲の町は忠臣蔵《ちゅうしんぐら》の最中だった。八月は吉原にとっては芝居の月である。遊女や芸者が役者として仲の町で芝居をする。「にわか芝居」として人気を博していた。

志乃のめが男装をして、大星由良之助《おおぼしゆらのすけ》をやっている。胡蝶は塩谷《えんや》判官。そして高師直《こうのもろなお》はいまかなり人気の松屋《まつや》の薄雲《うすぐも》花魁が演じていた。

思わず見入ってしまうような美しさである。演技がどうではない。男装姿が美しいのである。

「いいね。忠臣蔵は」

神楽も言う。

「そうですね。なんといっても討ち入りは……」

言ってから、花凜ははたと思いついた。

「そうよ、神楽。討ち入りですよ」

「討ち入り？」

神楽は花凜の言葉を繰り返してから、にやりと笑った。

「なるほど、討ち入りね。いい考えだね」

花魁を買う客は、まずは酒席を設ける。そこで花魁や新造と酒を飲んでからゆっくりと部屋に入るのである。

その酒席に討ち入ってしまえばいい。いまは八月だから、にわか芝居の趣向のひとつと言えばすみそうだった。

ましてやいま志乃のめは大星由良之助を演じているのだ。これは利用できそうだった。

「すぐに連絡しようじゃないか」

神楽も乗り気になった。

よし野に連絡をとると、よし野のところには明日の夜末一郎が来るということがわかった。

「討ち入りに協力してください」

花凛が説明すると、よし野が笑い出した。

「面白そうでありんすね。大丈夫。みなに話を廻しておくでありんすよ」

「ありがとうございます」


そして。

翌日が来た。


「どきどきするでありんす」

志乃のめが楽しそうに言った。討ち入り用の火消しの恰好である。花凛も神楽も同じ恰好をしている。

ほかに志乃のめの下にいる新造が四人。やはり火消しの恰好だ。

「では行きましょう」

よし野のいる俵屋の前までみなでいくと、手に持った太鼓《たいこ》を鳴らす。

「討ち入りでござる。討ち入りでござる」

志乃のめが叫んだ。

みなが注目はしたが、喝采《かっさい》があがった。

俵屋の一階にあがりこむと、階段をのぼって二階に駆け上る。

「討ち入りでござる」

志乃のめが座敷に雪崩《なだれ》こんだ。

「浮気でありんす」

志乃のめが討ち入ると同時に、よし野が叫んだ。

よし野の隣で、末一郎が青い顔になった。

通常はここから仕置きがはじまって、浮気男はかなり痛い目に遭う。

「なにか言いたいことはありんすか？」

志乃のめがにじりよった。

といっても、声に怒りはない。むしろ笑顔になっている。気配を察したのだろう。

末一郎の顔に血の気がもどった。

「どちらも好きなんだ」

末一郎が笑顔になる。

最悪の答えだ、と花凜は思う。この状況でどっちつかずの答えを出すというのは頭が悪いのか胆力があるのか。

「どちらも、でありんすね」

志乃のめが念を押した。

「もちろんだ」

「では今夜のところはふたり分の代金を持っていただけますね」

そう言われて、別の意味で血の気がひいたらしい。

しかし後戻りもできない。

「もちろんだ」

引きつった笑顔を見せる。

この場合、妓楼を二軒借り切る、という宣言だ。下手をしなくても今夜だけで百両かかるのではないだろうか。

いくら若旦那でも、家で問題になる金額だ。

そのうえで、この先は二人均等にということで「夜の相手はしてもらえない」という公算も高い。

ただ、志乃のめの恋の行方《ゆくえ》がどうなるのかは気になった。

「今日は特別に料理人を座敷に呼んだでありんす」

志乃のめが花凜を見た。

「がんばって料理を作らせていただきます」

そう言うと、花凜は道具を出した。今日は火を使う気はない。飯だけ、まだ温かいものを持ってきていた。

「今日は鮑《あわび》が主役です」

桶に入った鮑を見せる。

「ほう」

末一郎は興味深そうに見る。

「その前にまずこれをどうぞ」

花凜は用意してあったかまぼこを出す。

「エイのかまぼこです。まずは、えいえいと威勢よく」

エイのかまぼこには胡椒が練りこんであって、ぴりりとした味つけだ。三人分作って出す。本来これは末一郎だけが食べるのだが、今日は三人分作ってある。

末一郎は箸をつけると美味しそうに顔をほころばせた。

「これはぴりりとして美味いな」

「ではおささをどうぞ」

志乃のめとよし野が両側から徳利を差し出した。

半分ずつ上手に盃に注ぐ。このあたりの呼吸はさすがである。まるで争う様子を見せない。

「これは贅沢だな」

末一郎は上機嫌だ。たしかに贅沢である。よし野のわきに控えていた芸者が三味線を鳴らし始めた。

よし野と志乃のめはお酌のほうに集中している。志乃のめの連れてきた新造たちも三味線を弾き始める。

あまりうるさくないように音量は控え目である。

「次はこれをどうぞ」

刺身を出す。刺身は鮑と鯛と鯉《こい》である。

「この皿には意味があるのかい」

末一郎が訊いてきた。

「鯛に鯉した鮑でありんすよ。主さまは贅沢でありんすね」

末一郎に二人が片想いしているという皿である。鯛には胡麻油がかけてある。鯉は辛子酢味噌。鮑は塩である。

「これは美味いな」

末一郎はますます上機嫌であった。

「これは美味しいでありんすね」

ふたりも嬉しそうである。

「それからこれをどうぞ。半殺し餅です」

花凜は小さなおにぎりを出した。米を搗《つ》いて、やや餅のようにしたものだ。半分米が残っているので半殺し。

胡麻をまぶしてある。

「本来は刺身のあとに出すのですが、これは刺身との相性もいいのでお出ししました」

そう言われると興味をそそられたのだろう。末一郎は手を伸ばした。

「これも美味いな。なんでも美味い」

そうやって笑う顔は素直そのものである。悪い人間というよりは、小さいころからちやほやされて少し歯止めがきかないのだろう。

「それにしても綺麗な手でありんすね」

志乃のめがうっとりと末一郎の手をなでる。

「みんなそう言うんだよ」

末一郎がにこにこと笑う。

「これはわっちの手でありんすよ」

よし野が志乃のめの手を払いのけた。

「よし野花魁はあくまで浮気でありんしょう」

「もう本気でありんす」

言いながら、ふたりが同時に末一郎の顔を見た。

「え」

ここにきて、末一郎は自分がかなりきつく責められていることに気が付いたようだ。

「わたしはどうしたらいいのかな」

気弱な笑顔を見せた。

これはなかなかいい対応だ。自分がどう考えてもうまいやり方を思いつくはずがない。二人の花魁がすべてを決めることになる。

「酒席ならいつでもはべるでありんすよ」

よし野が言う。

「わっちはたまにならお相手してさしあげるでありんす」

よし野のほうは、酒席はいいが夜の相手はなし、という宣言だ。かといってよし野を酒席に呼ばないのもなし、ということになる。

志乃のめの方は、たまになら夜の相手をしてもいいが、まあ、そういうことはないと思ってくれ、ということだ。

かといって他の女に行くことも許されない。

まさに生殺しである。

しかし気分だけはいいに違いない。それが吉原の粋でもあるからだ。やせ我慢をしながら金を使うという文化である。

二人とも、責めながら次々に酒を飲ませる。美人二人にはさまれているから、末一郎としてはなんとなく気分がよくなっているようだ。

「では次をどうぞ」

神楽が鮑をおろし金ですりおろした。それから山芋をすりおろした。さらにそれを両方とも飯にかけて山椒を散らす。

「どうぞ」

「これは？」

　末一郎が少し酔いの回った顔で花凜を見る。

「山海丼です。両手に花というところですね。末一郎さんに片思いの二人からの贈り物ですよ」

　末一郎は、さっと箸をつけた。顔をほころばせる。

「美味いね」

　それから末一郎は志乃のめとよし野にもすすめた。

「食べなよ」

「ありがとうでありんす」

　ふたりは唱和すると、口をつける。

「美味しいでありんす」

　二人に微笑まれて、末一郎は笑顔になった。

　この料理は美味い。花凜も思う。作った花凜が言うのもなんだが、なかなかのものだ。鮑はすりおろしてとろろにすると、丼一杯でも飲めてしまうほど口当たりがいい。刺身にするとこりこりした歯ざわりも旨味のうちだが、おろすとまるで違う。

　磯《いそ》の香りを胸一杯に吸い込むようなものになる。

そのうえで、濃厚な貝の旨味が口の中に広がるのだ。

ただ、それだけだと磯の香りがかちすぎる。だから山芋をすりおろしたものと混ぜるのである。

山芋の土臭さが、磯臭さをうまく消してくれる。

かけてある山椒の香りがうまく両方をまとめてくれていた。

飯にかけた上から醤油をかけまわす。これもただの醤油ではなくて、醤油にみりんをまぜた「かえし」である。

みりんをあまり甘さを表に出さない程度にまぜてある。醤油の味があまりきつくならないための工夫だ。

鰹で出汁をとったものを混ぜてしまうと海の匂いが強くなりすぎる。だからみりんだけのものを使うのだ。

三人の顔を見るかぎりうまくいっているようだ。

「今日の料理はいいな」

そう言うと、末一郎は懐から紙を取り出し、さらさらと字をしたためる。「三両」と書いてあった。

心づけに三両は破格である。たいていは一分くらいだ。紙に書くのは、小判を持ち歩くのは物騒だからだ。

紙に書いた金は、あとで請求してもらえばいい。もちろん現金の客もいるが、身元がしっかりしているならつけでいい。

あくまで信用で回るのだ。

「ありがとうでありんす」

言いながら、花凜も末一郎の前に座る。

「どうぞ」

酌をした。

「これは贅沢だ。どんな趣向なんだろうね」

「ありんす料理でありんす」

花凜は思わず言った。

花魁料理という名は、仲の町の料理屋にとられてしまっている。同じ名前は使いたくなかった。

そのうえで新しい料理の名前がいい。

「ありんす料理か。気に入ったよ」

「お知り合いにも宣伝して欲しいでありんす」

志乃のめがすかさず言った。

「わっちもまた食べたいでありんす」

よし野もわきから言う。

「そうだね。いつもこんな風に呼ばれているのかい？」

末一郎が聞く。

「いいえ。今日がはじめてでありんす。主さまが水揚げでありんすよ」

花凜が答えた。

「お、そうか。わたしが水揚げか。嬉しいね」

吉原では、遊女のはじめての相手をするのを水揚げという。しかし、誰でもできるというわけではない。

身分がしっかりしていて、四十歳以上という条件がある。

だから末一郎では本物の水揚げはできない。しかし料理の水揚げなら別にかまわないだろう。

「そういうことならしっかりと広めてあげるよ」

「ありがとうでありんす」

花凜はさらに酌をする。

「主さまが頼りでありんすよ」

笑顔になると、末一郎は大きく頷いた。

「まかせておきなさい」

これは花凜にとってはかなり嬉しい。酒席に呼ばれるのであれば、座敷料理として夜の仕事がいれられる。

それにこの形なら花魁にも食べてもらえることになる。

「今度は花凜さんに浮気でありんすか。妬《や》けるでありんす」

志乃のめが末一郎の頬をつねった。

「浮気者でありんすね」

よし野もつねる。

「では、わっちを呼んだ次はよし野花魁。その次はわっち。他の花魁への浮気はもうなしでお願いするでありんす」

志乃のめが言う。

「わかったわかった。いろいろ悪かったよ」

末一郎が上機嫌のまま言う。

なんというか、平和にまとめるものだ、と花凜は感心した。

そして。

この夜に末一郎が払った金額は百八十両であった。

エピローグ

「売られなくて助かりましたね」

花凜はほっとして神楽に言う。

「最初から心配なんてしてなかったよ」

神楽が平然と言った。

「ありがとうございます」

花凜は素直に頭を下げた。

「なんで礼なんて言うんだよ。あんたのためにやったわけじゃない」

「口ではそう言っても、助けてくださいました」

「だから、自分のためだった」

神楽は大きく息をついた。

「でもさ。あんたは馬鹿だけど、嫌いじゃないよ」

「嬉しいです」

「なんといっても結局あきらめなかったからね。知ってるかい。あきらめないってのはね、うまくいくよりも難しいんだ」

言いながら、借金の証文を破る。

これで花凜の借金はなくなった。店がつぶれる心配も当分ないだろう。

「でもさ、これからが大変だよ」

神楽が言う。

「どう大変なんですか？」

「あんたからついてる匂いがする」

「何ですか、それ」

「言葉通りの意味だよ。ついてるやつのそばにいるとつきが自分にもついてくるって思うだろう。だからあんたと知り合いたいやつは増えるのさ」

神楽が、当然のように言う。確かに吉原は運の要素が強い。だからみんななんとなく占いを気にしたり、呪いもする。

そしていちばんは、ついてるやつと友達になるということだ。

そう考えると、確かに花凜はついていると言っていい。

「まあ、これから頑張ろう」

そう言うと、神楽はにやりとした。


どうしてこうなった、と、花凛は思う。

うまくいった、といえばいいのだろうか。

「ぼやぼやしてないで出かけるよ。いい座敷が入ってるんだからさ」

神楽がきびきびと準備をしながら声をかけてきた。

「こういうことがしたかったわけじゃないんですけど」

花凛が愚痴をこぼした。

「店なんてなるようにしかならないっていうことだね」

神楽の方はこの状況が全く気にならないようだった。

やれやれ、と思いながら包丁を布でくるむ。

夜である。時刻はもうすぐ戌《いぬ》の刻（午後八時）。吉原ではちょうど座敷にきの字屋の仕出し弁当が届く頃合いである。

花凛は、弁当ではなくて料理人が座敷に直接出向いて料理を作る、ということになったのであった。

朝と昼は三日月屋で客を相手に料理を作り、夜は座敷に出向く。そういう形の料理屋として吉原に場所ができたのであった。

「みんなに温かい料理を作ってあげるっていう目的は達したね」

神楽が満足そうに言った。

「確かにそれはそうなんですけど」

あの一件以来、花凜の腕は吉原で評判になった。何と言っても、女の料理人がきらびやかな姿で目の前で料理をするのだ。

客にとっても面白いし、遊女にとってもありがたい。

花凜の料理は、三味線や踊りと同じような働きをすることになったのである。

「本当にこんな恰好でいいのでしょうか」

履物とかんざしを除けば、花凜も神楽もほぼ花魁のような恰好である。その恰好で揚屋町から江戸町や京町に行くのだから、まるで一昔前の花魁道中である。

揚屋町の連中は面白がって見物に出てきている。

「これって花魁やるよりも恥ずかしいんじゃないですか」

花凜が言うと、神楽は首を横に振った。

「恰好だけだからね。気楽なもんじゃないか」

まあ仕方がない。花凜としてもそう思う。吉原は社交場としての、商談の場としての役割がある。

花凜はその中に組み込まれたということだ。

これは料理人としては夢の多い、ただし厳しい道だった。

「今日は俵屋らしいよ」

「よし野花魁のところですね」

よし野と志乃のめ、胡蝶はとにかく贔屓にしてくれている。最近は、最初にもめた小紫も呼んでくれるようになった。

花魁に美味しいもの、はたしかにその通りである。

そこにおいて不満はないのだが、店にどっしりとかまえて、という夢はなくなった。

店につくと、俵屋の下足番の甚吉《じんきち》が笑顔で迎えてくれる。

「今日はなかなかのお客人ですからね。覚悟をしておくんなさい」

これは金持ちが来たから珍しい料理を要求される、という意味だ。

「わかってますよ」

座敷を回るようになって、料理人としてわかったことがある。料理人は料理に忠実であるべきだということだ。

誰の顔色をうかがうかというなら料理の顔色をうかがうべきだ。

「ごめんなさい。ありがとう」

芸者と同じ挨拶をして座敷にあがる。

座敷の中には簡単な店がしつらえてあった。

座敷の中で屋台を味わう、というのが花凛の考えたお座敷料理だった。わざと少々品のない料理を作る。

客は金持ちだから、普段食べない料理がある。それを花魁とつつくという趣向だ。

金を持っているほど土臭い料理が好きである。

だから、料理としては天ぷらを選んだ。

「今日の料理は天ぷらです」

声をかけると、客が手を叩いた。

「食べたことがないな。面白い」

天ぷらは、普通の料理屋にはない。屋台か蕎麦屋の食べ物である。だから身分が高い人間や金持ちには噂だけである。

吉原にも蕎麦屋はあるが、天ぷらは扱っていない。だから天ぷらというのは噂にだけ聞く食べ物だった。

「本当に食べても大丈夫なのでありんすか？」

よし野が心配そうに訊いた。

よし野は両国で食べたことはあるだろうが、天ぷらはしばらく食べていないと胃にもたれるから心配なのだろう。

「大丈夫です」

花凜はこたえると、油を火にかけた。

よし野の後ろに控えていた芸者が三味線を弾き始める。よし野は客にしなだれかかって油を見ていた。

なるほど、と思う。これは客としては嬉しいだろう。

花凜は、車海老、タコ、穴子《あなご》、野菜で茄子と牛蒡、そして豆腐を準備した。

天ぷらを選んだのにはわけがある。まず、珍しい。そして味がいい。さらにもうひとつは音が出ることである。

油が温まったところでまず海老をいれる。しゅわっという音がした。それにあわせて芸者が三味線を弾いてくれる。

自分で言うのもなんだがまるで能の舞台のようだ。食べる料理ではなくて魅せる料理というものである。

三味線の音にあわせて次々と揚げていく。

神楽が、白い紙の上に次々と天ぷらを載せる。それを禿が客の前まで運んだ。醤油とみりんで作った「かえし」の中に、生姜と大根おろしをたっぷりと入れてある。かえしは川の水で冷やしてあった。

熱い天ぷらを冷たいつゆにつけると「しゅん」という音がする。

この音もなかなか心地いいのだ。吉原は目で料理を楽しむ世界である。しかし、音と温度はない。そして料理そのものを舞台化することもない。

だから花凜のやり方は新鮮なものに映るはずだ。

「これは美味いな」

客が、ぽんと祝儀を放ってよこした。

「ありがとうございます」

神楽が拾った。

今日の客はなかなか筋がいいようだ。人数からして、俵屋を借り切っているのだろう。主役の客のまわりに、連れてこられた客たちがいる。

どうやら商談のようだ。正面の客とよし野以外は台屋からとった仕出しを食べて酒を飲んでいる。

正面の客の特別な気分を盛り上げるために花凜が呼ばれたというわけだ。

吉原らしい考えだといえる。

よし野が花凜に目くばせをしてくる。いい感じだ、という顔だ。

吉原の料理人としては、なんとか一歩前に進めた気がする。

天ぷらを揚げながら、花凜はあらためて思ったのであった。


そして。


「ずるいでありんす」

志乃のめが言った。

「なんでよし野が最初なんだい」

胡蝶も言った。

「だって呼ばれましたから」

「わっちが呼んだときには天ぷらはなかったでありんす」

志乃のめがすねた。

「そのときは思いつかなかったんです。今度作ります」

「よし野花魁の二番煎《せん》じはいやでありんす」

「まったくだ」

二人そろってすねている。

これは考えなかった。花凜は唇を嚙む。

神楽のほうを見ると、すました顔をして横を向いている。

吉原にとけこむということはこういうことか、と思う。花魁たちの無茶ぶりにどれだけこたえるかという勝負でもある。

面白い、と花凜は心から思った。

迷いもなにもない。花魁との戦いのようなものだ。

なんとなく曇っていた心が晴れるような気がした。

「わかりました。志乃のめ花魁が驚くようなものを作ってみせます」

「わたしは？」

「もちろん胡蝶花魁のもです」

そう言いながら、花凜は素早く手を動かした。

「でも今日のところはこれで」

「これなんだい」

「特別なお茶漬けです」

そう言うと、花凜はくすりと笑って二人に言った。

「これからも御贔屓によろしくお願いします」

○主な参考文献

『江戸の色里　遊女と廓の図誌』　小野　武雄　展望社
『江戸生業物価事典』　三好一光編　青蛙房
『江戸風俗語事典』　三好一光編　青蛙房
『安永期吉原細見集』　花咲一男編　近世風俗研究会
『吉原夜話』　宮内好太朗編　青蛙選書
『江戸吉原図聚』　三谷一馬　中公文庫
『吉原の四季　清元「北州千歳寿」考証』　瀧川政次郎　青蛙選書

本書は文庫書下ろし作品です。

|著者| 神楽坂 淳　1966年広島県生まれ。作家であり漫画原作者。多くの文献に当たって時代考証を重ね、豊富な情報を盛り込んだ作風を持ち味にしている。小説に『大正野球娘。』『三国志１～５』『うちの旦那が甘ちゃんで』『金四郎の妻ですが』『捕り物に姉が口を出してきます』『うちの宿六が十手持ちですみません』『帰蝶さまがヤバい』などがある。

ありんす国《こく》の料理人《りょうりにん》　1

神楽坂《かぐらざか》 淳《あつし》

2021年７月15日第１刷発行

発行者——鈴木章一
発行所——株式会社　講談社
東京都文京区音羽2-12-21　〒112-8001
電話　出版（03）5395-3510
　　　販売（03）5395-5817
　　　業務（03）5395-3615

Printed in Japan

講談社文庫
定価はカバーに
表示してあります

KODANSHA

デザイン—菊地信義
本文データ制作—講談社デジタル製作
印刷———大日本印刷株式会社
製本———大日本印刷株式会社

ISBN978-4-06-523775-5

講談社文庫刊行の辞

二十一世紀の到来を目睫に望みながら、われわれはいま、人類史上かつて例を見ない巨大な転換期をむかえようとしている。

世界も、日本も、激動の予兆に対する期待とおののきを内に蔵して、未知の時代に歩み入ろうとしている。このときにあたり、創業の人野間清治の「ナショナル・エデュケイター」への志を現代に甦らせようと意図して、われわれはここに古今の文芸作品はいうまでもなく、ひろく人文・社会・自然の諸科学から東西の名著を網羅する、新しい綜合文庫の発刊を決意した。

激動の転換期はまた断絶の時代である。われわれは戦後二十五年間の出版文化のありかたへの深い反省をこめて、この断絶の時代にあえて人間的な持続を求めようとする。いたずらに浮薄な商業主義のあだ花を追い求めることなく、長期にわたって良書に生命をあたえようとつとめるところにしか、今後の出版文化の真の繁栄はあり得ないと信じるからである。

同時にわれわれはこの綜合文庫の刊行を通じて、人文・社会・自然の諸科学が、結局人間の学にほかならないことを立証しようと願っている。かつて知識とは、「汝自身を知る」ことにつきていた。現代社会の瑣末な情報の氾濫のなかから、力強い知識の源泉を掘り起し、技術文明のただなかに、生きた人間の姿を復活させること。それこそわれわれの切なる希求である。

われわれは権威に盲従せず、俗流に媚びることなく、渾然一体となって日本の「草の根」をかたちづくる若く新しい世代の人々に、心をこめてこの新しい綜合文庫をおくり届けたい。それは知識の泉であるとともに感受性のふるさとであり、もっとも有機的に組織され、社会に開かれた万人のための大学をめざしている。大方の支援と協力を衷心より切望してやまない。

一九七一年七月

野間省一

多和田葉子

溶ける街 透ける路

ブダペストからアンマンまで、ドイツ在住の〝旅する作家〟が自作朗読と読者との対話を重ねて巡る、世界48の町。見て、食べて、話して、考えた、芳醇な旅の記録。

解説＝鴻巣友季子　年譜＝谷口幸代

たAC7

978-4-06-524133-2

多和田葉子

ヒナギクのお茶の場合／海に落とした名前

パンクな舞台美術家と作家の交流を描く「ヒナギクのお茶の場合」（泉鏡花文学賞）、レシートの束から記憶を探す「海に落とした名前」ほか全米図書賞作家の傑作九篇。

解説＝木村朗子　年譜＝谷口幸代

たAC6

978-4-06-519513-0

講談社文庫　目録

今野 敏 ST 警視庁科学特捜班〈黄の調査ファイル〉
今野 敏 ST 警視庁科学特捜班〈緑の調査ファイル〉
今野 敏 ST 警視庁科学特捜班〈黒の調査ファイル〉
今野 敏 ST 為朝伝説殺人ファイル〈警視庁科学特捜班〉
今野 敏 ST 桃太郎伝説殺人ファイル〈警視庁科学特捜班〉
今野 敏 ST 沖ノ島伝説殺人ファイル〈警視庁科学特捜班〉
今野 敏 ST 化合 エピソード0〈警視庁科学特捜班〉
今野 敏 ST プロフェッション〈警視庁科学特捜班〉
今野 敏 特殊防諜班 諜報潜入
今野 敏 特殊防諜班 聖域炎上
今野 敏 特殊防諜班 最終特命
今野 敏 茶室殺人伝説
今野 敏 奏者水滸伝 白の暗殺教団
今野 敏 同期
今野 敏 欠落
今野 敏 変幻
今野 敏 警視庁FC
今野 敏 カットバック 警視庁FCII
今野 敏 継続捜査ゼミ

今野 敏 蓬莱〈新装版〉
今野 敏 イコン〈新装版〉
後藤正治 天人〈深代惇郎と新聞の時代〉
幸田 文 崩れ
幸田 文 台所のおと
幸田 文 季節のかたみ
小池真理子 冬の伽藍
小池真理子 夏の吐息
小池真理子 千日のマリア
五味太郎 大人問題
鴻上尚史 あなたの魅力を演出するちょっとしたヒント
鴻上尚史 鴻上尚史の俳優入門
鴻上尚史 青空に飛ぶ
小泉武夫 納豆の快楽
近藤史人 藤田嗣治「異邦人」の生涯
小前 亮 趙《ちょう》匡《きょう》胤《いん》〈宋の太祖〉
小前 亮 賢帝と逆臣と〈康熙《こうき》帝《てい》と三藩の乱〉
小前 亮 始皇帝の永遠〈天下一統〉
小前 亮 劉《りゅう》裕《ゆう》〈豪剣の皇帝〉

香月日輪 妖怪アパートの幽雅な日常①
香月日輪 妖怪アパートの幽雅な日常②
香月日輪 妖怪アパートの幽雅な日常③
香月日輪 妖怪アパートの幽雅な日常④
香月日輪 妖怪アパートの幽雅な日常⑤
香月日輪 妖怪アパートの幽雅な日常⑥
香月日輪 妖怪アパートの幽雅な日常⑦
香月日輪 妖怪アパートの幽雅な日常⑧
香月日輪 妖怪アパートの幽雅な日常⑨
香月日輪 妖怪アパートの幽雅な日常⑩
香月日輪 妖怪アパートの幽雅な食卓〈るり子さんのお料理日記〉
香月日輪 妖怪アパートの幽雅な人々〈妖アパミニガイド〉
香月日輪 妖怪アパートの幽雅な日常〈ラスベガス外伝〉
香月日輪 大江戸妖怪かわら版①〈異界より落ち来る者あり〉
香月日輪 大江戸妖怪かわら版②〈異界より落ち来る者あり 其之二〉
香月日輪 大江戸妖怪かわら版③〈封印の娘〉
香月日輪 大江戸妖怪かわら版④〈天空の竜宮城〉
香月日輪 大江戸妖怪かわら版⑤〈雀、大浪花に行く〉
香月日輪 大江戸妖怪かわら版⑥〈魔狼、月に吠える〉

講談社文庫　目録

香月日輪　大江戸妖怪かわら版⑦〈大江戸散歩〉
香月日輪　地獄堂霊界通信①
香月日輪　地獄堂霊界通信②
香月日輪　地獄堂霊界通信③
香月日輪　地獄堂霊界通信④
香月日輪　地獄堂霊界通信⑤
香月日輪　地獄堂霊界通信⑥
香月日輪　地獄堂霊界通信⑦
香月日輪　地獄堂霊界通信⑧
香月日輪　ファンム・アレース①
香月日輪　ファンム・アレース②
香月日輪　ファンム・アレース③
香月日輪　ファンム・アレース④
香月日輪　ファンム・アレース⑤(上)(下)
近衛龍春　加藤清正〈豊臣家に捧げた生涯〉
木原音瀬《このはらなりせ》　箱の中
木原音瀬　美しいこと
木原音瀬　秘密
木原音瀬　嫌な奴
木原音瀬　罪の名前
近藤史恵　私の命はあなたの命より軽い
小泉凡　怪談四代記〈八雲のいたずら〉
小松エメル　夢の燈《ほ》影《かげ》〈新選組無名録〉
小松エメル　総司の夢
小島環 原作　あなしん 脚本　おかざきさとこ　小説 春待つ僕ら
呉勝浩　道徳の時間
呉勝浩　ロスト
呉勝浩　蜃気楼の犬
呉勝浩　白い衝動
呉勝浩　バッドビート
こだま　夫のちんぽが入らない
こだま　ここは、おしまいの地
講談社校閲部　間違えやすい日本語実例集〈熟練校閲者が教える〉
佐藤さとる　だれも知らない小さな国〈コロボックル物語①〉
佐藤さとる　豆つぶほどの小さないぬ〈コロボックル物語②〉
佐藤さとる　星からおちた小さなひと〈コロボックル物語③〉
佐藤さとる　ふしぎな目をした男の子〈コロボックル物語④〉
佐藤さとる　小さな国のつづきの話〈コロボックル物語⑤〉
佐藤さとる　コロボックルむかしむかし〈コロボックル物語⑥〉
佐藤さとる　天狗童子
佐藤さとる 絵／村上勉　わんぱく天国
佐藤愛子　新装版 戦いすんで日が暮れて
佐木隆三　慟哭〈小説・林郁夫裁判〉
佐木隆三　身分帳
佐高信　石原莞爾その虚飾
佐高信　わたしを変えた百冊の本
佐高信　新装版 逆命利君
佐藤雅美　恵比寿屋喜兵衛手控え
佐藤雅美　隼小僧異聞〈物書同心居眠り紋蔵〉
佐藤雅美　密約〈物書同心居眠り紋蔵〉
佐藤雅美　老博奕打ち〈物書同心居眠り紋蔵〉
佐藤雅美　向井帯刀の発心〈物書同心居眠り紋蔵〉
佐藤雅美　一心斎不覚の筆禍〈物書同心居眠り紋蔵〉
佐藤雅美　魔物が棲む町〈物書同心居眠り紋蔵〉
佐藤雅美　ちよの負けん気、実の父親〈物書同心居眠り紋蔵〉
佐藤雅美　へこたれない人〈物書同心居眠り紋蔵〉
佐藤雅美　わけあり師匠事《こと》の顛末〈物書同心居眠り紋蔵〉

2021年6月15日現在